Sen Ma
創作卷05

詮釋生命、愛與自然的奧秘

令人低迴的哲理小品集

秀威版總序

我的已經出版的作品，本來分散在多家出版公司，如今收在一起以文集的名義由秀威資訊科技有限公司出版，對我來說也算是一件有意義的大事，不但書型、字體大小不一的版本可以因此而統一，今後如有新作也只須交給同一家出版公司就行了。

稱文集而非全集，因為我仍在人間，還有繼續寫作與出版的可能，全集應該是蓋棺以後的事，就不是需要我自己來操心的了。

從十幾歲開始寫作，十六、七歲開始在報章發表作品，二十多歲出版作品，到今天成書的也有四、五十本之多。其中有創作，有學術著作，還有編輯和翻譯的作品，可能會發生分類的麻煩，但若大致劃分成創作、學術與編譯三類也足以概括了。創作類中有小說（長篇與短篇）、劇作（獨幕劇與多幕劇）和散文、隨筆的不同；學術中又可分為學院論文、文學史、戲劇史、與一般評論（文化、社會、文學、戲劇和電影評論）。編譯中有少量的翻譯作品，也有少量的編著作品，在版權沒有問題的情形下也可考慮收入。

有些作品曾經多家出版社出版過，例如《巴黎的故事》就有香港大學出版社、四季出版社、爾雅出版社、文化生活新知出版社、印刻出版社等不同版本，《孤絕》有聯經出版社（兩種版本）、北京人民文學出版社、麥田出版社等版本，《夜遊》則有爾雅出版社、文化生活新知出版社、九歌出版社（兩種版本）等不同版本，其他作品多數如此，其中可能有所差異，藉此機會可以出版一個較完整的版本，而且又可重新校訂，使錯誤減到最少。

創作，我總以為是自由心靈的呈現，代表了作者情感、思維與人生經驗的總和，既不應依附於任何宗教、政治理念，也不必企圖教訓或牽引讀者的路向。至於作品的高下，則端賴作者的藝術修養與造詣。作者所呈現的藝術與思維，讀者可以自由涉獵、欣賞，或拒絕涉獵、欣賞，就如人間的友情，全看兩造是否有緣。作者與讀者的關係就是一種交誼的關係，雙方的觀點是否相同並不重要，重要的是一方對另一方的書寫能否產生同情與好感。所以寫與讀，完全是一種自由的結合，代表了人間行為最自由自主的一面。

學術著作方面，多半是學院內的工作。我一生從做學生到做老師，從未離開過學院，因此不能不盡心於研究工作。其實學術著作也需要靈感與突破，才會產生有價值的創見。在我的論著中有幾項可能是屬於創見的：一是我拈出「老人文化」做為探討中國文化深層結構的基本原型。二是我提出的中國文學及戲劇的「兩度西潮論」，在海峽兩岸都引起不少迴響。三是對五四以來國人所醉心與推崇的寫實主義，在實際的創作中卻常因對寫實主義的理論與方法認識不足，或由於受了主觀的因素，諸如傳統「文以載道」的遺存、濟世救國的熱衷、個人的政治參與等等的干擾，以致寫出遠離真實生活的作品，我稱其謂「擬寫實主義」，且認為是研究五四以後海峽兩岸新小說與現代戲劇的不容忽視的現象。此一觀點也為海峽兩岸的學者所呼應。四是舉出釐析中西戲劇區別的三項重要的標誌：演員劇場與作家劇場，劇詩與詩劇以及道德人與情緒人的分別。五是我提出的「腳色式的人物」，主導了我自己的戲劇創作。

與純創作相異的是，學術論著總企圖對後來的學者有所啟發與導引，也就是在學術的領域內盡量貢獻出一磚一瓦，做為後來者繼續累積的基礎。這是與創作大不相同之處。這個文集既然包括二者在內，所以我不得不加以釐清。

其實文集的每本書中，都已有各自的序言，有時還不止一篇，對各該作品的內容及背景已有所闡釋，此處我勿庸詞費，僅簡略序之如上。

馬森序於維城，二〇一〇年七月二十三日

新版序言

本書所收的篇章原來自一九八四年陳雨航兄擔任《工商時報‧週日版》主編的時候邀我所開的一個專欄「天外集」。當時說好允許我不受範限，沒有一定的讀者對象，沒有一定的主題，可以天馬行空地隨意書寫。雖說都是即興式的雜感，但是跟我過去的作品一樣，倒也是把自己的經驗和感想坦誠地剖露出來，沒有企圖要引導什麼人走上什麼樣的道路，也沒有為了安慰讀者易感的心靈故意把人間妝點上悅目而虛假的花朵。雖然我常想要為年輕的一代寫作，也十分願意跟他們溝通交談，但常常不由自主地運用了中年人的語言，流露出已經世故的情懷，毋寧是要求年輕的讀者來遷就作者的表達和思維方式了。

這個專欄最早於一九八六年由爾雅出版社以《在樹林裡放風箏》的書名出版。又於一九九一年由文化生活新知出版社重編再次出版，書名改為《愛的學習》。不想出版不久，竟為高雄的《太平洋日報‧副刊》再次從頭連載一遍。報紙連載已經出版的書是非常罕見的事，說明這本書還有些閱讀的價值，我實在為此深感榮幸。現在本書收在秀威版的「馬森文集」中，書名又一次改為《漫步星雲間》，倒也符合原來天馬行空的書寫意趣。茲在此說明這本書的身世原委如上。

二〇一一年元月作者謹誌於維城

輯二・生命

輯三・自我

輯四·自由

輯五·人與我

輯六・時與空

輯七·自然

附錄

輯一
愛

愛與被愛都是人生中的一種學習過程，與
生命共同前進的一種經驗。

墮落的彩鳳

有一位養鳥的人，他養了各種各樣的鳥，其中有一隻華麗的彩鳳，是他所最珍惜的。

這隻彩鳳不但羽毛燦爛，而且鳴聲嘹亮婉轉，有笙簫共鳴之音。難怪這位養鳥人對這隻彩鳳小心飼養，視如拱璧。

平常這位養鳥人常常把他所養的鳥放飛到外面去。因為都是養熟了的鳥，溜夠了翅膀，無不都飛回原處。他雖然時常放飛他的鳥，並沒有引起人們的注意，因為多數的鳥像百靈、鴿子之類，不是體型細小，就是顏色暗淡，當然不易引起人們的注意。但是他從來不曾把這隻彩鳳放到外面去飛過。第一他太過於珍惜這隻鳥，第二他也不知道這隻鳥一旦飛上天空，會引起人們如何的反應。

可是有一天這位養鳥人忽然心血來潮，覺得這麼美麗的一隻鳥，又有悅耳動聽的鳴聲，不能使眾人都有欣賞的機會，實在是一件憾事。於是他決定把彩鳳放飛一次。

他小心地把彩鳳帶到他平日放鳥的屋頂，安排好了標記，以便使飛出去的鳥辨認得出回歸的方向，然後就慷慨地一放手，眼看著彩鳳像一襲五彩的緞帶般飄上天空。

這隻彩鳳在天空飛行的姿態實在美麗，牠並不像其他的鳥似地大張着翅膀在天空盤旋，而是束斂雙翼，只利用飄帶一般的長尾在天空滑行。牠的羽毛光彩奪目，在日光下閃出種種奇幻的彩光。因爲快樂的關係，牠還不停地發出婉轉悅耳的鳴聲。不用說這樣的一隻鳥飛行在天空中，自是引起了萬人的注目。這時候行路的人都停住了脚，開車的人也煞了車從車上走下來，做工的人也暫時停了手，大家都注目天空，瞪大了驚奇的眼睛望着這一隻奇特罕見的彩鳳。

養鳥的人看了這種光景，自是非常高興，懊悔沒有早一點把這隻彩鳳放出來供衆人欣賞。可是就在養鳥人目注着他的彩鳳，心中充滿了快樂的時候，突然聽到一陣畢畢剝剝的槍聲，彩鳳的羽毛隨着槍聲一片片地墜落，彩鳳的周圍交叉着火光和帶羽的箭尾，一眨眼工夫，彩鳳就被無數的槍彈和冷箭擊落了。

養鳥人的淚從面頰上潸潸地流注了下來，他不明白人們爲什麼竟會如此殘忍地屠殺這麼美麗的一隻鳥！

蒼蠅的夢

蒼蠅也會做夢嗎？

如果蒼蠅也會做夢的話，他會做什麼樣的夢呢？也許他夢到落在一堆臭狗屎上的喜悅，也許他夢到在捕蠅紙上掙扎的痛苦……。

我們實在無法猜想，因爲我們自己不是蒼蠅。

因爲我們不是蒼蠅，所以我們無能猜知蒼蠅的夢，正如男人不知女人的心理，成人不懂兒童的行爲一樣，都是由於無法超越自我。無法超越自我，就形成了「隔」，世間種種的痛苦，無不由「隔」而來。

戰爭的起因，不就由於敵我之間的「隔」嗎？專制的政治，不就由於統治者和人民之間的「隔」嗎？凶殺的暴行，不就由於人我之間的「隔」嗎？在「隔」存在的時候，也就是我們把自己範限在自我的圈子裏，把別人都看成蒼蠅一般的沒有價值。

如果有一天我們能夠突破自我的範限，向對方移位，也許我們可以減少一些人間的苦難。

但如何移位呢？古今愛思考的人士都已經告訴我們，那就是「愛」，只有借着「愛」的行爲，才有突破自我範限的可能。

「愛」自然是種偉大的行爲，我們可以愛人，但怎麼能去愛一隻蒼蠅呢？

但是，爲什麼就不能愛一隻蒼蠅呢？如果連蒼蠅都可以愛的話，還有什麼不可以愛的呢？

真愛

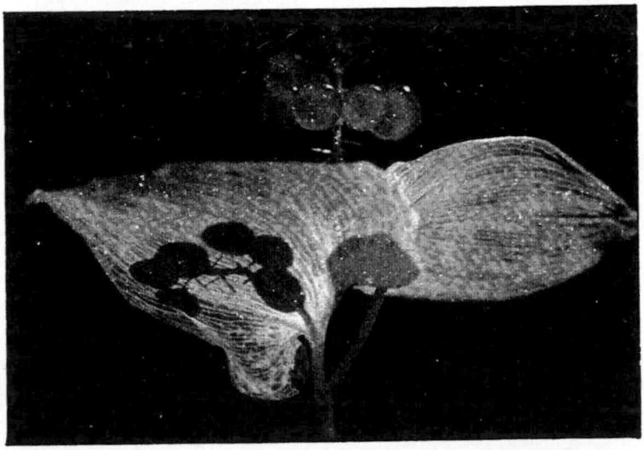

有人說同性間的愛比異性間的愛更爲眞切。爲什麼呢？因爲異性間的愛爲社會風俗所許，同性間的愛卻爲社會風俗所排斥；異性間的愛除了愛以外，還有其他目的，諸如傳宗接代啦、男人找個洗衣做飯的、女人找個飯票啦等等，同性間的愛則除了愛以外沒有別的目的！

你看，冒着違拗社會風俗的危險，又不具有其他的目的，這樣的愛還能說不是眞愛嗎？

可是擺在眼前的例子卻很使人喪氣。同性戀的關係似乎比異性戀更加不穩固，三日兩頭地就吹伙。報載最近有位警官娶了一位同性的男士，勇氣不能說不大，愛情不能說不眞，但這種關係也不過維持了一年。一年後被人揭破，雙方都表示胡鬧，甚至對簿公堂，各不理睬，把當日的勇氣、犧牲和眞情眞意都否定了。

看樣子愛情是有條件的，人性也沒有所期望的那麼強韌。奧威爾在《一九八四》中就描寫了人在生死關頭的恐懼中，如何出賣自己所愛的人。

人人都嚮往愛，推崇愛，歌頌愛，但是在生活中人人都輕易地把愛當作了生存的犧牲品！

說慾

人生而有慾：欲望食物，欲望情愛，欲望安全與幸福。

「慾」是一種客觀的存在，本身並不具有好壞的道德評價。只有因「慾」而引起了不良後果時（不管是害人還是害己），才進入道德評價的範圍。

人生最大的兩慾是貪慾和愛慾。如果世間的財貨是無限的，而愛情的對象又很容易獲得，那麼人人都可以滿足其貪慾與愛慾，自然天下太平。然而事實上世間的財貨不幸是極有限的，人們的競爭非常激烈，愛情的對象也並不容易獲得，人不得不經常生活在沮喪與挫折中，因此「慾」就帶來了不良的後果。

解決「慾」的問題有兩種途徑：一是節慾與禁慾，是傳統的宗教的方法；二是創造財貨、解放愛慾的禁忌，是現代的資本主義的方法。二者都不能徹底地解決「慾」的問題。前者等於否定「慾」的客體存在，否定「慾」，毋寧否定了人之本體。後者不管多麼努力，仍然不能創造出可以滿足所有人慾望的財貨來，而解放愛慾的禁忌也是椿極爲艱巨的工作。

那麼「慾」至今仍是人生的最大難題。幸而我們生在既有宗教又有資本主義的現代，此外我們還有同樣與生而來的理性，所以多數人，靠了自己的聰明才智都可以有限度地疏導自己的慾念，使其有一種較平衡、較和諧的發展，不致造成害人害己的後果。

慾望的昇華

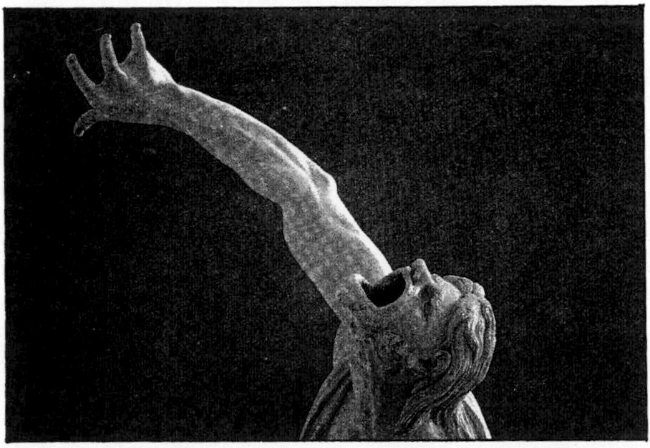

慾

望是與生俱來的。飢則欲食，渴則欲飲；如沒有慾望，也就沒有了生命。

那麼爲什麼我們這麼害怕慾望呢？多半是因爲受到了慾望之害。別人過多的慾望侵犯到我的權利，我成了受害者；自己過多的慾望，侵犯到他人的權利而遭到反擊，我也會成爲受害者，因此慾望便成了自己受害的導源。

慾望既是自我受害之源，又是生命之本，既不能暢而發之，又不能捨而棄之，於是人們面對慾望時便遭到兩難的處境。

在兩難的處境中，人們的慾望遭到更爲嚴酷的考驗，就是在欲物之外，同時也在欲人。欲物，是單方面的；欲人便成爲雙向的發展。

欲人的慾望，我們通常稱之爲愛。當你愛上一個人時，最初的慾望自然與飢則欲食、渴則欲飲無異。但旋即發現所欲的對象也是一個具有慾望的主體，便與食飲的對象大大不同了。

你欲人，而人不欲你，雖然也是一種愛，但是這種愛是無法完成的。彼此相欲，才可使愛完成。

在欲人的過程中，人會學習體會到自由抉擇的可貴，只有在自由抉擇的條件下，才能有彼此相欲的可能。

眞正的愛，是建立在一己的自由抉擇，和容讓所欲的對象也自由抉擇的基礎上。慾望便在容讓慾望的情境中獲得昇華。容讓了慾望的慾望便不再是可怕的慾望了。

窗臺上的一盆小花

在

在我的窗臺上擺有一盆小花，花葉都朝向着窗外的陽光。我把它轉動一下，一天後它的花葉又轉向窗外的陽光去了。

花草具有向陽性，因爲陽光促進花草的生機。我們人的性向又如何呢？孟子樂觀地認爲人性本善，荀子沒有孟子那麼樂觀，認爲人性本惡，其善者僞也。如果你把《孟子》和《荀子》這兩本書仔細讀一讀，就發現這兩個老頭兒說得都滿有道理。雖然滿有道理，但仍不出玄說的口舌之辯，因爲他們兩位都沒有學過醫學和心理學，既沒有解剖過人心，也沒有用科學的方法分析過人性，在我們這些經過了現代科學訓練的頭腦看來，只能姑妄聽之。

近代的心理分析學大師弗洛依德（Freud）便不再從善惡上來理解人性了，他認爲人的心理與行爲都受「性」的支配與影響。很湊巧的是弗洛依德所用的這個字，翻譯成中文正巧也和我國古代的哲人像孟荀者所用的字眼兒一樣。當然我們現代人也知道「性」這個字有兩個含意：一是性質之「性」，一是性慾之「性」。然而在其他語言裡分明是兩個不同的字，爲什麼在中文裡卻用的是同一個字呢？莫非是我們古代的哲人早已料到這個字在二十世紀將要大行其道，所以才搶先用在自己的論文裡？

其實由「性」字的含意來看，中國人原來並非那麼老道學，看見聽見與「性」有關的事物就要那麼閉眼堵耳的。中國人所以借用心性之性或性質之性用作性慾之性正可以看出中國的先人原把性慾歸在人性之中的，也就是早在弗洛依德之前把性慾之性看作人性的一種主導力量了。所可惜的是孟荀以降的儒家，都缺少一點醫學的訓練，只徒徒在玄理上兜圈子，卻不曾把性向之性落實到慾望之性上來。如果落實了說，人之有性慾就如花草之向陽，正是人類天生的本性。本性又豈可以任意壓抑斲傷的？一人的壓抑，可以造成精神的失常；一國的壓抑，可以形成民族精力的衰頹和文化的式微，正如見不到陽光的花草一般。

我們中國人一向喜孟而惡荀，就是因爲孟子肯定人性之善，具有正面的意義，如果瞭解到這種基本的心向，就可以理會到性的慾望本來是善的，正因爲後天的壓抑和扭曲之後，才顯現出其惡劣的性質。很可惜我國在宋以後的理學家，雖高舉着孟子的旗幟，卻完全不曾理會到孟子的眞義，一頭扎入玄說，把自己的身體也不要了，以致造成中國人數百年的積弱，而終贏得「東亞病夫」這一頂不多麼美妙的頭銜。直到近幾十年，借了灌注了弗洛依德血液的西方文化幫助，再來諦視人性的問題，才知道我們的所謂「人性」已經被前幾個世紀的道學家扭曲得有多麼厲害！

擺在我窗臺上的那盆小花，欣喜地朝向着陽光，有多麼自然！多麼愉快！

愛的學習

人

從愛己開始，而後才學習愛人。

不知愛己者，肯定無能愛人；只知愛己者，也無能愛人。愛人是從愛己向外推展的一種情感。爲什麼必向外推展？因爲希冀獲得別人的愛。所以愛人是手段，獲得愛情是目的。

然而手段時常會凌越目的，在追求目的的過程中，手段也可能化成爲目的。爲人所愛是幸福的，愛人也是幸福的。當然最完滿的幸福是你所愛的也愛你，而且愛得同樣熱烈與無私。可能嗎？如果可能的話，這樣的幸福，天也妒，地也妒，羅密歐和茱麗葉、梁山伯與祝英臺、賈寶玉與林黛玉，沒有一對不是以悲劇收場的。

世間多的是不等同的愛、不完美的愛。你所愛的並不一定十分愛你，而愛你的又不一定十分爲你所愛，可貴的是肯於接受那一分愛意。

你會接受一個你不愛的人愛你，只要他不要求你同樣的回報。無回報的愛可能嗎？只能說是並非不可能，如果瞭解到愛人也是一種幸福的感情的話。

世間有多少人肯施捨無回報的愛呢？回答是沒有一個人！因爲愛不是施捨。愛人本也是一種幸福與欣悅，但是從沒有爲人所愛的經驗的人又如何得知愛的欣悅呢？所以愛與被愛都是人生中的一種學習過程，與生命共同前進的一種經驗。

雲的遐想

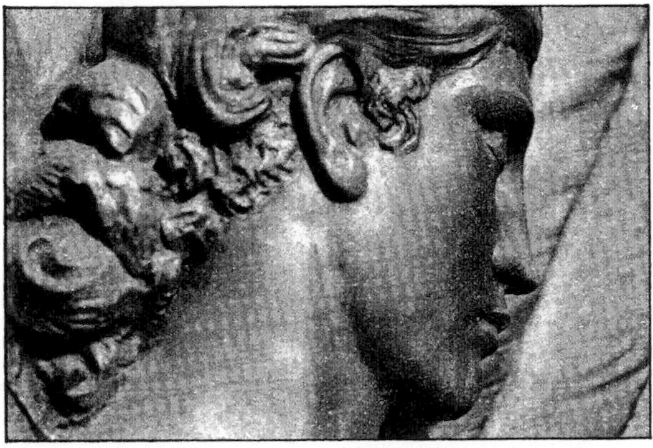

天上的雲俯望着大地，先看到一座山，覆蓋着青葱的林木。好美麗的青山！雲這麼想。

天上的雲俯望着大地，又看見了一條奔流的大河，蜿蜒地穿過大地，流向大海。好美麗的河流！雲這麼想。

天上的雲俯望着大地，看見的是連片的田野，長着蒼翠的禾苗。好美麗的田野！雲這麼想。

天上的雲最後看見的是一座城市和熙攘的人群。多麼美麗的動物啊！雲看了以後無限羡慕，於是決定下降人間。恰巧有一陣冷風吹過，雲便懇求冷風道：「大地上的東西無一不美，請把我吹下去吧！」

冷風說：「大地雖然美，可不是你住的地方，你一下去就不見蹤影了！」

雲說：「那也不怕！只要親吻一下這麼美麗的大地，就是粉身碎骨也強似永遠飄遊在這空無一物的太空中！」

冷風成全了雲的志願，把雲吹成了一陣驟雨，紛紛地落在大地上。於是大地張開千百張小嘴一霎時就把變作雨的雲吸沒了。然後從地下冒出了無數新芽，然後又長出綠葉，開了花，結了果。

天上的雲總是有親吻大地的慾望。

樹的謀殺

去年接到區政府的通知，說要在我們這條街上除去四分之一的樹，我窗前的那一棵梧桐也在去除之列。於是我們左鄰右舍，平素本不相往來，現在緊急團結一致，寫了一封洋洋灑灑的抗議書，寄給了區政府。本想區政府一定俯順民情不來謀殺我們的街樹了，誰知年假歸來，一日清晨忽見一隊配備齊全的年輕工人正在鋸我窗前的梧桐。我立刻打開窗戶，大聲呼喝，再為那棵樹做最後的請命。

年輕的工人解釋說：「這棵樹幹腐蝕了，如不現在砍伐掉，遇有大風會發生危險。」

「可是我要窗外有一棵樹！」我說。

年輕的工人又說：「我們伐掉這一棵，到了春天我們給你種上一棵更好的。」

「那要多久才會長到原來那棵的高度？」

「五年吧！」

「五年！老天，那時候我還不知道搬到哪裡去了！」

在談話中他們並沒有停止鋸樹，轉眼間，那棵在夏季招引鳥雀綠盈盈的大樹，已經躺在地上成了一段枯乾的樹的殭屍。我沒有別的辦法，只有自我安慰說：「今後我房中的陽光要比過去充足了。」

可是我心中仍懷念着那棵樹，雖然樹幹腐蝕了，但它是我一個珍貴的朋友！

快樂

有人說：有錢的人最快樂！但有錢的人破了產，並不快樂！用錢不當，也不快樂！為所擁有的錢而操心，更不快樂！擔心一旦失去或減少，尤不快樂！

有人說：有權的人最快樂！但權和錢一樣，患得患失之心最重，又如何快樂得起來？

有人說：有學問最快樂！但是什麼叫做「有學問」已很難說。若有學問而無飯吃，恐怕也不能快樂！

有人說：知足者常樂！這句話多少有些道理，因為快樂是一種心境，是主觀的，而不是客觀的，只要你自己覺得滿足了，也就快樂了。

然而人畢竟不是傻子或精神病患，不會整日活在自造的主觀意境中。人一旦把自我客觀化，就難以常常知足；一不知足，也就快樂不起來了。

那麼如何才能快樂？實話實說了吧！有不快樂，才有快樂。一個整天都快樂的人，他必定不知道什麼是快樂。只有不快樂的人，才知道快樂是什麼滋味。

快樂也就是當你不快樂的心境消失的那一剎那，你感到你沒有重負，無所操心，輕飄飄的好像脫離了這個世界，甚至於感到你自己已經不存在了。啊！這時候多麼快樂！

可是別忘了，活着正是爲了種種煩惱和操勞而來的。如果你什麼煩惱操勞都不要，那跟死亡還有什麼分別？所以不快樂有時也可以看作是一種快樂，不但因爲不快樂時更足以使你感到你的存在，而且也只有不快樂的人才會瞭解快樂到底是什麼滋味！

黃昏

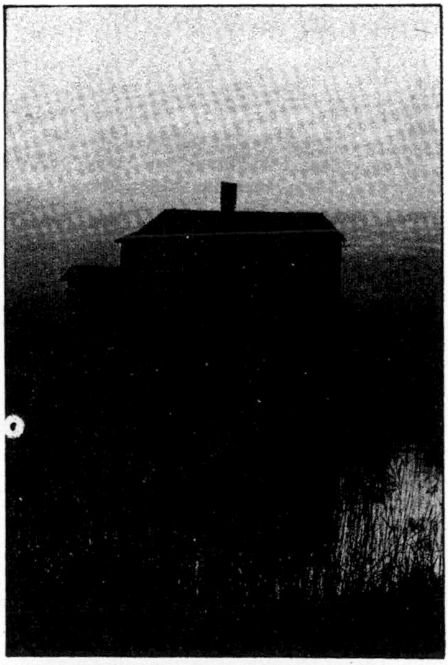

黃

昏的景色眞燦爛，眞美！

因爲不久之後就是黑暗，黑暗之前的光明時刻就顯得益發的美了。

那麼光明之前的黑暗呢？

光明之前的黑暗是比較可以忍受的，因爲我們知道不久就是光明。只有永遠的黑暗才會叫人絕望！

世間會有永遠的黑暗嗎？

大概不會吧！只因爲有光明，才會有黑暗；有黑暗，才會有光明，如果二者缺一，另一種也不會存在！

那麼我們也不能希望永遠是光明，如果捨棄了黑暗，光明也不成其爲光明了，是吧？

我想大概是不錯的，所以我們喜歡黎明，也喜歡黃昏。黎明是黑暗以後的光明，黃昏是黑暗以前的光明。我們畢竟還是喜歡光明的動物，雖然我們也無法捨棄黑暗。

然而黑暗似乎比光明更要永恆。我們降生以前，不是全在黑暗之中嗎？我們死亡之後，不是也永遠回歸於黑暗了嗎？我們所具有的光明時刻何其短促！

可能正由於光明如此短促，我們才這麼喜歡光明，黑暗也沒有什麼不好，只因擁有的太多，便不珍惜了！對嗎？

誰知道！我只覺得我特愛黃昏，因爲一眨眼就是一片黑暗了。

聲與色

當我聽到美麗的聲音時，我的心弦不禁爲之震動；當我看到美麗的色彩時，我的心弦也不禁爲之震動。

這時候，我實在慶幸我與生俱來有一雙耳朵，與生俱來有一雙眼睛。耳聰目明的人該是多大的福分！這世上的聲音本來自在，但因爲我有了耳朵，就似乎爲我的聽官而設；這世上的色彩本來自在，但因爲我有了眼睛，就似乎爲我的視官而設。如果我不能因爲耳聰目明而獲得喜悅，那便是對生命的辜負了！

本來，只爲了聽取世間美妙的聲音，就很值得活了；只爲了看視世間美妙的色彩，就很值得活了；何況世間還有美妙的氣味，供我嗅聞；美妙的形體，供我觸覺；美妙的情意，供我品味與沉耽。這世界是何等美妙！何等完備！

爲什麼竟有人中途厭倦而離棄？

那是因爲我們的感官受到障蔽，使我們無能欣享我們應該欣享的聲、色、味、觸。有時候是自我情意的障蔽，有時候是惡因緣的障蔽，有時候是風俗習尙的障蔽，有時候是文化傳統的障蔽。但不論是什麼性質的障蔽，其結果都使我們失去了欣享世間美事美物的能力，使我們有耳若聾，有目若盲！

掃除障蔽需要一些勇氣，而勇氣是人人都該有的，只要我們沒有過分的對聲與色的恐懼之心！

多一點與少一點

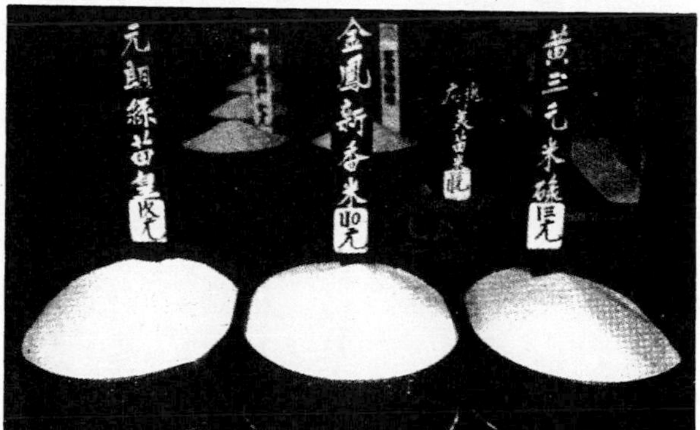

快樂是相對的，而非絕對的，因此很難說擁有百萬資財的人一定比窮居陋巷的人快樂。

然而，快樂卻常常連繫到生活中的得與失。得的時候，便覺快樂；失的時候便覺懊喪。不但以盈利為目的的商人因得失而喜悲，就是我們一般人，不管心胸多麼豁達，行為多麼清高，也經不起常失而少得。

因此，頂快樂的人大概就是那些日有所得，而無所失的人了。如此說來，如果在起步的時候擁有太多，倒並不是一件幸事，因為擁有太多時，失的可能也就增大了。

但是如果把得失的標準只定在物質或金錢上，那肯定無法永遠快樂。物質與金錢，常常不以我們主觀的願望為轉移，必定有得有失，那麼我們的情緒也就只好波蕩不已了。

最惱人的大概還是壽命，自從生下來的一次大得以後，逐日活下去就只有失而無得了。如果以壽命定得失，那實在無法使人快樂得起來。幸虧人畢竟是多思多想的動物，可以想得出平衡日漸折損的壽命的法子，那就是對生命的經驗和對事物的洞察。這兩項肯定是日益增長而不會消損的。如果我們把得失的標準放在這上頭，也許每天我們都有多一點的快樂，而無少一點的悲哀了。

旭日與夕陽

聖

・艾克休伯里的小王子最愛看的是夕陽。小王子住的星球是那麼小，小得只要稍微移動一下椅子，就可以觀賞到夕陽的美景。

夕陽和旭日本是同一個太陽，只因時間的不同和跟我們地球相對位置的差異，而使我們產生了不同的感覺。旭日象徵着朝氣與希望，因爲我們有整整一日與太陽相伴；夕陽卻象徵着留戀與感傷，因爲不旋踵我們就要與太陽訣別了，繼之而來的是漫漫的長夜。

旭日使我們前瞻，夕陽卻使我們反顧。前瞻的賦與我們勇氣，迎接生命的來臨；反顧的使我們品味既往的經驗，肯定生命的價值。

如果太陽不會落下，自然也就沒有了昇起，正如生命沒有了死亡，也就失去了新生。所以青年時代的歡樂與暮年的淒清，同是人生可貴的經驗。

面對夕陽，在眷戀美好的一日時，便隱然產生了對將臨的旭日的祝福。

然而如果這一日並不是美好的，夕陽便可能爲我們帶來了幾分懊喪；幸虧還有另一次旭日的再昇，才使我們的懊喪不至於痛入骨髓，無可救藥。不幸的是如果遭遇到不美好的一生，希望又在哪裡？

也許多看看夕陽，可以使我們更珍惜旭日，也可以使我們不致在暮年時有深入骨髓之痛吧！

迎春

幾場大雪使身居歐美的人都過了一個奇寒的冬天。零下二十多度的天氣，使美國總統的就職典禮無法在戶外舉行。報紙上也報導過多次在英、法、義、德今冬凍死的人數。

一個月在溫城的年假，遇到了兩場大雪。及踝的積雪久久不化，使溫城變成一個少見的銀色世界。回到倫敦，也意外地見到街頭的積雪，窗外的網球場冬天從不封閉，今年也覆了一層厚厚的冰雪，自然沒有人可以在雪地上打網球了。

人們常說：「冬天到了，春天還會遠嗎？」意思是抱着迎春的心理來度過冬季的嚴寒。其實冬天雖然肅殺卻頗能激勵人的志氣。寒帶的人不但沒有熱帶的人那種懶散勁兒，而且生命力也較強，耐得住惡劣的環境和艱苦的生活。生活在北極邊緣地帶的人，像愛斯基摩人，幾乎沒有春天，不是一樣生活着嗎？

當然，我們知道有一個春天不久就要到來，心中便充滿了欣悅，也就覺得冬天不那麼難過了。正因爲有了嚴寒的冬天，才使春天成了一種希望的象徵。在四季如春的地方，一年到頭都是希望，也就無希望可言了。

希望只是一種期盼，而不是獲得。懷有希望的人，比獲得的人幸福多了。所以人不應該羨慕天使，天使是已住在天堂的，人卻只能對天堂懷着希望。

因此，迎春可能比遊春更有意味。

希望

什麼是希望？

希望是對未來的一種期盼，期盼未來比現在好。不滿於現在的人才有希望。如果當下一切盡如人意，還有什麼希望呢？

所以人間永不可能完美，如完美十分，便無所改進，也沒有希望了。這就是爲什麼在物質生活豐裕的北歐社會，人反倒常常失去了生活下去的意願。

不完美的人間，使人只有嚮往天國，明知天國可能並不存在。如眞有一個十全十美的天國，生活在那裡，不是也會失去生存的意願了嗎？

生存的本身不過就是一種時間的綿延，如使生命有繼續綿延的理由，必須在前景中有所誘因。那麼，希望就是誘使生命向前綿延的誘因。

人生存是爲了希望，當然也是爲了現在，如沒有現在，那裡會有希望呢？

希望不必實現，實現了的希望也不必盡如希望中的完美，以便再產生新希望。這麼一個希望接續一個希望地生活下去，人就覺得人生頗有意義了，正如追趕掛在額前的紅蘿蔔的一隻推磨的驢。

輯二
生命

生命是一個謎，企圖揭開生命之謎的任何企劃，
也成爲另一個謎。

穿越黑暗的森林

人的遭遇不同。有的人一生下來就錦衣玉食，環繞着親情的溫暖；有的人生下來遭遇的卻是飢寒交迫，衆叛親離。因爲不同的境遇，自然對這個世界懷抱着不同的印象。所以在有的人爲光輝的生命唱讚歌的時候，另一些人卻詛咒生命，嫉恨世界。

在這兩種極端之間，大多數人遭遇的卻是人情冷暖、世態炎涼，既有溫情，也有冷遇，因而對這個世界的印象是既覺美好，又覺醜惡。處在這種境地，我們不得不追問生存的目的和生命的價值等等重大的問題。

基督教告訴我們，我們是爲上帝的恩寵而生存。儒家告訴我們，我們承天地好生之德而生。佛家則認爲衆生已淪入輪迴不止的苦海，只有回頭方才是岸。存在主義者說我們對一己生命的存滅有自由選擇的權利，如果一旦選擇了生存，就要對這生存着的生命負起全部的責任。

生命原來是如此複雜的、奧秘的，人生原來是如此迷茫的、方向不明的。如果我們不進一步追問，尚可安於當下的生活；但是，一旦進一步追問起來，反倒倍感徬徨，不知所從了。

我們就好像正在穿越黑暗的森林，森林裡有賞心悅目的淺溪急流、香花芳草，可也有兇禽猛獸威脅着我們的生命。但是這許多都不在我們的考慮之列，因爲我們以爲這是一種暫時的處境，我們應有一天會穿越黑暗的森林，步入陽光明媚的平原，那時候我們就可以有了我們的方向和目的。

因此不管我們個人的際遇如何以及我們對這個世界的感覺如何，我們都像是貝克特筆下的流浪漢，爲永遠不會到來的哥多而等待。也就因此之故，我們把生命看成一種過渡，把世界看成一個暫時的棲身之所，而我們眞正的歸宿卻在遙遠而不可知的遠方。我們一方面咬着牙強忍下人生的苦難，另一方面卻又忽略了或輕易地捨棄了人生的歡樂，總想有一天我們要穿越黑暗的森林。

如果忽然有人告訴我們這黑暗的森林是永遠穿不過的，而人生或苦或樂的際遇也是我們唯一的存在中的機遇，那我們要怎麼辦呢？

生命

天下最奇怪的事物莫如生命。

沒有人理解生命何以來，何以去；也沒有人理解生命的眞實面目。如今由於科學的發達，我們比較理解生命的生物化學層面的現象，但對感情、思考、靈魂等問題仍然所知不多。

理解生命最大的難處是以本體知本體。生命是知的本體，若無生命，則無所謂知，今欲以生命之後果探究生命之本源，信其無能爲力也。

但是人卻也並不因此先驗的不可能而止步，懷着無窮盡的好奇心，在科學的生理、心理學上，在神學上，在道德的範疇內，無不有人涉險獵奇。每多走一步，就會有一種新的經驗和新的知識，當然也會對生命現象帶來新的理解和認知。無奈生命本體之深奧與宇宙之廣袤等同，愈往前探索，愈知其深不可測。

探索生命的神秘其實就像蛇之自食其尾，蛇無能吞食自己，生命也無能自明其本體。然而如果生命本就是一種自明的過程，那麼人對生命的探索，也就是生命的原始本相了！

生命的起源

生命的起源是一個謎！

我們不管是盤古開天闢地、上帝造人，還是達爾文的「進化論」，都無法揭開從無到有的這個謎。

無怎麼會變作有呢？無生命怎麼會產生出生命來呢？我們從經驗而來的思維無法領會其中的奧秘。

我們說有生於無，是一種大膽的假想，在我們的經驗世界裡，無從來不會生出有來。用實證的方式想來，無就是無，有就是有。生命沒有所謂「產生」，沒有所謂「起源」，宇宙間本來就存有了生命。換一句話說，宇宙的特徵就是具有生命。如果宇宙是唯一的存有，生命便是這唯一存有中的必然。

在我們經驗的思維中，我們也可瞭解到，生命的形態並不是恆定的。宇宙中沒有一種生命在時間的長流中保持了固定的形態，總是在不停地變換着。我們把這種現象以我們主觀的意念稱之謂「進化」；其實如果從相反的另一個角度來看，也未嘗不可稱之謂「退化」。所以最好用一個中性的詞稱之謂「轉化」。達爾文的理論就建立在這種「轉化」的概念上。

生命除了「轉化」以外，還有另外一個特徵，就是「物化」，通常我們稱之謂「死亡」。我們觀察到了生命從有到無的過程，但是觀察不到從無到有的過程，所以生命的起源終是個謎！

生命的旅程

我們坐上車、船、飛機任何交通工具時，都有一個目的。我們知道我們抵達的地點，也知道爲什麼要到那個地方去，甚至於我們也知道需要多少時間。唯有對生命的列車，反倒是茫然不知的。

我們不知道我們的生命列車抵達何處，我們也不知道爲什麼必要乘上這列生命的列車，我們更不知道生命的列車所經歷的時光。

不知道，雖然覺得茫然；知道了，是否就必有收穫，仍是未知之數。生命是一個謎，企圖揭開生命之謎的任何企劃，也成爲另一個謎。佛教、基督教、回教等偉大的宗教，就是種種企圖以謎解謎的努力。宗教無法解開生命之謎，但卻彰顯了一種對待生命之謎的態度，那就是信仰。

宗教依靠的不是理性的解析，而是感性的信仰；那麼生命也同樣不能以理性來解析，而只能信仰。

當你信仰生命時，你便肯定了生命；如你對生命失去了信仰，你便可否定生命。

生命是一行沒有固定目的的列車。你乘上了生命的列車，你並不知道往何處去，也不知道所爲何來，更不能掌握行程的長短，一切對你都是一個謎。但這並不妨礙你生氣勃勃、意氣風發地享有這段旅程！

老的意義

生、老、病、死，一般認爲是人生必經的過程，也是人生中最大的痛苦。其中只有老，並非是人人必經的。那些夭折早亡的，就沒有經過老的過程，就好像一朵盛開的花，不經過衰謝就猝然消失了。

夭折早亡的，該是種相當完美的結束，然而卻引起人們更多的悲嘆，因爲不夠自然。自然的過程正是要經過老這一個階段。

老是肉體與精神的雙重衰謝。當肉體積存了太多未能排洩的腐質與毒物，肉體開始衰化。當精神積存了太多未能淸除的怨怒與哀傷，精神也開始衰化。這是因時間的持久而難能避免的現象。

所可以避免的是加速老化的來臨。有些人四十歲一過，已經像一個冥頑的老人，另有一些人，六十歲看來還相當年輕。這就是因爲後者比前者老化得緩慢。如果一個人，是一個對自己盡責的人，他就知道在肉體上如何減少無能排洩的腐質與毒物，在精神上如何減輕無能淸除的怨怒與哀傷，以便保持身心的強韌與健康，那麼就不會使老化的現象達到十分衰頹的地步。

當然，在自然由生到死的轉化過程中，老是不可避免的一程，這一程正是使最後的終點不是那麼猝然而至！

面對死亡

生，人之所欲也；死，人之所惡也。但是有生的人，誰又能逃脫開死亡的終局呢？死，只是時間的遲早問題而已！

有生就有死，正如春夏秋冬四時之代續一樣的自然。凡是自然的事物，皆超出於喜惡情緒的影響之外。自然並不因人之喜夏而畏冬，就使夏長而冬短；自然也並不因人之欲生而惡死，就使人獲得永生。

如果眞有永生之道，是否就是一件好事，也很成問題。相信靈魂的宗教等於相信人有永生之道。但是天堂中的情景與地獄中的永生則很爲不同。恐怕沒有人願意永生在地獄的烈火之中。即使永生在天堂，終日守着一位全善無惡的上帝，情緒猶如一潭死水，生活也失去了其他的目的，是否就如人們未進天堂之前嚮往的那般美好呢？

沙特的《無路可出》一劇，把人放在一間既不是天堂也不像地獄但可永生的密室中，使同室共處的人彼此折磨，足以說明永生的可怕。

人，獨居自處，固然不樂；與人共處，也會發生種種不快的摩擦。因此七八十年的生命局限倒是恰如其分，多了，則不易擔負忍受。

看明白了這種種的問題，死也許就並不是那麼可惡的一件事了。如果擺脫了畏死的心理負擔，豈不是更可以增添幾分生的情趣？

人生的三階段

人的一生，粗略畫分起來，可以分作三個階段。從出生到二十歲是生長期，從二十歲到五十歲是成熟期，五十歲以後則是衰老期。

在生長期中，有很長的一個階段，本人無能自主，需要依賴上一輩的養育、扶持、教育。愈是進化的社會，這個階段愈長，表明了上一輩的成年人有更大的能力來承擔這種責任和義務。第二階段是否能夠成熟，均賴第一階段的成長期中是否獲得足夠的滋養和照顧。在生長期中如果受到斲傷，一定會影響到下一階段的成熟。有的人終生青青的，不熟而凋，有的人成熟得不夠飽滿豐盛，無不都是因爲在成長中遭到忽略或甚至損傷所致。

至於過了五十歲的衰老期，有的人並不衰老，仍然精力充沛，然而事實上這一個時期的心理狀況已大不如前。正常的狀況是逐漸減輕負擔、活動，以平靜的心情迎接自然的衰謝。

在一個理想的社會中，真正擔負責任的應該是二十歲到五十歲這個階段的人。不幸現在世界上還沒有一個社會能夠實現這樣的理想。重負常常壓在衰老期的人的肩上，這恐怕就是使人生如此艱辛，而問題累累難以解決的一大原因吧！

成熟期的人，責任主要應該放在養育下一代上，可是傳統積習又使他對上一代負了過重的責任，以致生長的不易生長，成熟的難以成熟，這都是今日我們面臨的問題。

生長與衰謝

世間最奇異的事莫過於同一事物中必含有彼此矛盾的因子。在人生經驗中最常見的是成功中所含有的失敗的因子和失敗中所含有的成功的因子。因此使成功與失敗不但只是程度上的相對，而也是一種時間的過程，時間一過，成功者轉向失敗，而失敗者步上成功。

但這種矛盾現象表現最明顯而又是人人不可避免的，卻在於生命的成長與衰謝。生命的成長需要適宜的營養與鍛鍊。不幸的是，不管多麼適宜的營養與鍛鍊，不但促成生長，也同時促成衰謝，如其不然，生長則無止境矣！

如此說來，補品也含有了毒藥的因子。能稱爲補品的，一定比普通食物更益於身體的成長，那麼同時也就更能促成衰謝。到如今生物學家仍不能科學地解釋成長與衰謝之間的辯證關係，否則豈不可加以人工的干預了？

人總想超越自然，超越生長與衰謝的自然法則。這一種苦心與努力剝奪了人接納、欣賞自然法則中所含容的藝術性。生長與衰謝的過程其實就是一種藝術的過程；如不能從其中獲得欣悅，所留的便只有悲苦了。

人生之所以有歡樂的一面，正因爲歡樂是短暫的，而歡樂的後面就是悲苦。如果瞭解了悲苦乃由歡樂而生，悲苦也就不是那麼不易忍受的了。位陰而馭陽或位陽而馭陰是遠古的祖先已悟到的處人處世之道。

能夠遵循事物矛盾因子的辯證流動而消長，便是自然！便是藝術！

在動而不居的時間之流裡

搬

家的時候，我們才發現有那麼多破爛而殘缺的東西應該丟棄而未丟棄。它們積在屋角裡、床下邊，甚至衣櫥裡箱籠裡。也有些雖並不殘缺破舊，可是你永遠也不會再用得到它，存之無用，棄之可惜。這些東西有一個共同點，就是都跟你過去的生命發生過一段或親或疏的關係。看到了這些東西，你才憬然悟到，你所流逝的生命已永遠永遠沉落進時間之流裡了，現在你自己的生命也並不是那麼完整無缺的了。

過去的生命也不過是些遺落在記憶的角落裡破爛而殘缺的東西，有些你完全遺忘了，有些偶然浮現出來也是模糊零碎的。對你自己既是如此，對他人自也不會更為清晰而完整。到了最後，所有的生命都會成為模糊破碎的一片，墜入了未生以前的大混沌中。

不管你如何把持，生命也會自然流去；不管你如何認眞，你仍然無法避免墜入混沌。你最珍惜的物品，你最親愛的人，總有一天要離棄你而去。連你自己的身體，你也無能永遠保持。時間所給與你的，時間也向你奪回。

在動而不居的時間之流裡，我們不過是些隨波逐流泅泳的人。一生的過程恰似從黎明泅到昏夜。昏夜之後就是永遠的安息。

我們游與不游，都無法停駐在一點，水流總是前進不止的。我們抓不住流水，也正如抓不住我們自己的生命。唯一可以把握的就是感悟到我們不過偶然泅泳在動而不居的時間之流裡。

季節

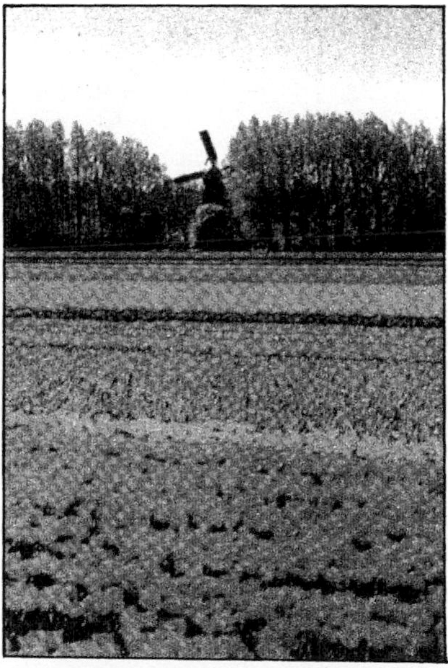

窗

外的樹葉幾乎全黃了，在陽光的輝映下，不像葉子，倒像是開了滿樹金花。不久這金花似的葉子就要一片片地墜落，留下空枝以便來年的新芽可以恣意地茁長。

秋去冬至，冬去春來，一年的季節似乎是無盡期地循環着。人的生命卻是一貫而下的，失去的青春永不再回！

然而，個人的青春雖然一去不可復得，繼起的青春卻永遠不斷，就像每個春天應時而萌發的新芽一般。那麼，在飄零的時光也該有一分安然的欣喜吧！

欣喜不該是出於無奈的自慰，而該來自與時俱化的坦然。可惜的是文明了的人類，習於與自然爲敵，早已失去了那分遵循自然安排的溫馴，在企圖凌越的心情下，已難能獲得與時俱化的坦然，只有悽悽然又惶惶然面臨着無能挽回的暮境，像一片賴在空枝上不肯下墜的腐葉，爲循迴不息的季節平添上幾分哀悽而醜陋的景觀。

金花也似的秋葉，不久就瀟瀟灑灑地飄墜，爲整個夏季的繁茂昌盛的美景演出了一幕光燦的尾聲。暮年的人們是不是也在飄零以前可以爲自己的一生演出一幕光燦的尾聲呢？

充實的或空虛的

有人說：「忙碌的人過的是充實的生活，無所事事的人過的是空虛的生活。」

也有人說：「成功的人過的是充實的生活，失敗的人過的是空虛的生活。」

我們幼年的時候，總有人告誡我們：「一寸光陰一寸金，寸金難買寸光陰！」意思是叫我們好好寶用我們所擁有的時光。時光雖然像水一般流不盡，但我們自己的一分卻十分有限，一寸寸流逝，即永不再回！

如何寶用貴過金的光陰呢？苦讀書本，還是到山崖水濱自由遊蕩？為事業兢兢然而奮鬥，還是適性地遊戲人間？如果是前者，因從不曾盡性地活過，老來會不會感嘆空過了一生？

其實忙也罷，閒也罷，成功也罷，失敗也罷，生命總是挽也挽不住地流逝而去。要緊的恐怕還是要隨各自的脾氣，不必要求同一的標準。那喜歡兢兢業業奮鬥的就兢兢業業的奮鬥，那喜歡適性地遊戲人間的就適性地遊戲人間，豈不很好？每個人哭也哭過，笑也笑過，打拚也打拚過，遊戲也遊戲過，都把自己全無保留地擲上生活的舞臺，做一個演戲的人，而不是一個看戲的人，如此也算充實了生命了吧！

對人生的兩種態度

我們沒有同意或否決的權利，自然地生到這個世界上來。在最初的人生階段，我們甚至不具有接受自己的生命與否的選擇能力。我們可以說被動地被拋擲到這個世界上來。願也好，不願也好，你的生命已經在那裡了！

有的人很幸運地生在富貴之家，使與生俱來的物慾獲得相當的滿足；有的人很幸運地生在父慈母愛的家庭，使與生俱來的情慾獲得相當的滿足。二者得兼的人是幸福了！可是有的人很不幸地生在貧賤之家，使與生俱來的物慾立刻感受到挫折；有的人很不幸地生在父母亡故或不盡責的家庭，使與生俱來的情慾也立刻遭到挫折。二者兼有的人是大不幸了！

不管幸與不幸，我們總要承受我們的生命，因爲生命自然存在了，並沒有經過我們的同意與選擇。這時候因我們個人的經驗與感受，便對人生發展成兩種截然不同的態度：一是視人生爲苦海，只有超脫人生才能達到彼岸。這是佛教徒的看法。另一種是視人生爲樂園，盡量遊戲人間，享受人生的樂趣。這是享樂主義者的看法。爲什麼我們東方人多半是佛教徒呢？實在是不幸的人太多了！我們不是生在貧賤之家，與生俱來的物慾從沒有得到過滿足，就是幼年缺乏父母的情愛，與生俱來的情慾也從沒有得到過滿足，又怎能不視人生爲苦海呢？

然而苦海也罷，樂園也罷，在我們生前的，我們無能爲力，在我們生後的，卻並非完全無能爲力。如果我們有一分誠心，外加十分努力，荒園裡也未嘗不可以種出奇花異卉來。

我們既無權決定我們的生命，除了接納外，又有什麼別的方法？幸運的人很少，不幸的卻是很多，超脫苦海的另一種方法，就是設法把苦海改造成樂園。我們有這種能力嗎？試試看不也是種有意義的工作？

珍惜你所有的

慾

望既是與生俱來的，不能完全拋棄，又有慾壑難塡的苦處，眞是陷入兩難的處境。

得道的，可以一簞食，一瓢飲，而不改其樂。古今中外也都有身無長物的周遊天下的道士和僧侶。這些人都能夠把自己的慾求減到最低的限度。但是不管多麼低，生命總是要依靠某些慾求才可以維持。如果食慾一點兒也沒有，那生命也就維持不了了。

但是接受慾求與放縱慾求卻是截然不同的兩回事。前者是安於自然的欣悅，後者卻成了反自然的放恣。如果你永遠追逐於你所無的，你又怎能欣賞你所有的？

如果你尊重生命，就是在一粒米中你都可以品嘗出甜蜜的滋味。你如是一個懂得生活的人，任何粗鄙的飯食，你都可以覺得芳香；任何粗劣的衣飾，你都可以看出華美；任何惡俗的人物，你都可以找出他的長處。但是做到這一種地步有多麼難呀！得需要遭受多少人生的挫折，吃多少苦，經過多少沉思，才能夠做到一丁點兒！

但容易做的一點是珍惜你所有的。你今日所食，如果你珍惜的話，就是很美的食物；你今日所衣，如果你珍惜的話，就是很美的服飾，你今日的家人和朋友，如果你珍惜的話，就是愛你也爲你所愛的人！爲什麼你忽略了你所有的，而追逐你所無的呢？

風的來歷

風

有什麼來歷？風不過是空氣罷了！空氣是無所不在的。空氣轉移了位子就是風了。

不過風還是有來歷的。我說如果沒有風，就沒有萬物，你信不信？我信！因爲很多植物的種子是靠了風而傳播的，因爲很多候鳥是靠了風的力量才可以遠行，因爲雲雨的廣布也要靠了風……。

不錯呀！風是很有些力量的！可是風也可以傳播疾病，把病菌從一個患者的身上吹到另一個健康人的身上。

那也不是壞事。既然該是人生的病，大家都生一生也好。有了風，人才不會不去顧忌別人。他會想到一陣風就可以把別人呼吸過的空氣吹進他自家的鼻孔中。啊！去嘗嘗別人呼吸的滋味，至少使他不會想他是世間唯一的一個人！

這些跟風的來歷有什麼關係？

當然有關係啦！風的來歷就是物質的動性。如果原子、質子、中子什麼的不具有動性的話，就不會有風，因爲沒有一種力量可以推動空氣移轉位置。物質具有動性，才有時間，有了時間，才有生命。

我們人的一生也不過是一陣風罷了，吹過去了，不留什麼痕跡！

爲什麼要留痕跡呀？

蜘蛛的網

清晨散步的時候，在樹叢中看到一張蜘蛛的網，白色的線路都牽引到同一個中心。那中心卻是空的，透出林中的一種黑暗。

是了，我們都在一張蜘蛛網上，每人都牽了一線白色的絲，慢慢地走向同一個黑暗的孔穴，在那裡不但黑暗，而且空無，一無所有。

我們明明知道我們最後都有這樣一個共同的結局，但是我們仍然認眞地牽引我們的線，一步一步從有走到無。

我們所以如此豁達，也許本來我們就是一無所有的，既然從無裡來，然後，再到無裡去，也就是件很自然的事了。我們所來自的處所，本也是黑暗的，經過了一陣短暫的光明，然後復歸於黑暗。

因此我們對待這短暫的一陣光明也許不必太計較、太認眞，但是我們畢竟是計較的、認眞的，就如一個演員走上舞臺時把所扮演的脚色認眞地演出來一樣。隨着戲劇的情節，該哭的時候，演員哭；該笑的時候，演員笑，我們便覺得這是一個好演員。

我們每一個人不是也努力在人生的舞臺上扮演好我們的脚色嗎？只因爲這是我們唯一的一次機會，除此之外便永遠歸入永恆的黑暗與空無了。

我們該如何珍惜眼前的這一線白色的絲，雖然明明知道這同一條絲終究要把我們引入黑暗與空無。

蟬與禪

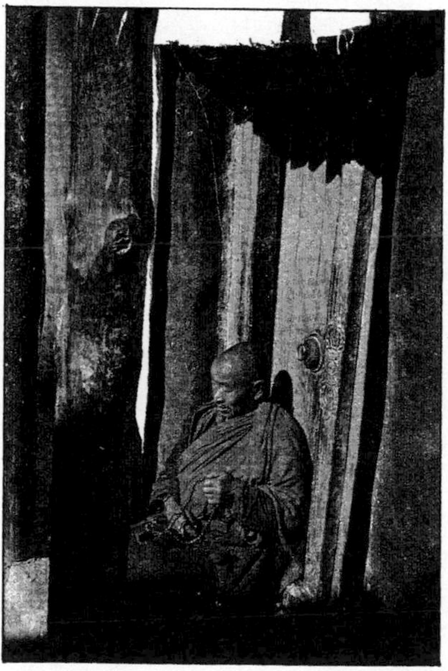

蟬

的幼蟲經過少至一年多至十七年的黑暗的泥穴中的蟄伏，終於破土而出，爬上枝頭，蟬蛻而成蟬。

經過一個夏季的高歌，嘗到了戀愛婚配的滋味，把生命傳遞下去之後，就在秋風蕭颯中枯竭物化了。

蟬蛻使蟬獲得了生命，蟬蛻也使蟬失去了生命。

由蟬而禪，人也悟到了生命的過程：由見山是山見水是水，到見山不是山見水不是水，再歸復於見山是山見水是水，即是由對生命的執着到對生命的解脫，再復歸到依隨生命之自然。

蟬的生命固然短促，在無限的時光之流中，人的生命又何嘗長久？蟬的生命除了高歌、交配以外，似乎一無所有。人的生命除了對名利的營謀、交配之外，又有什麼呢？西西佛的推石上山，與蟬的爬上高枝蟬蛻而終至墜落地下以備第二個生命的躍升是相類的圖象。

蟬使人悟到了生命輪迴的無奈，禪使人企圖超脫於輪迴之外，又使人解悟到超脫的無力和無此必要，而終於接受此一無奈之生命。

蟬經由蟬蛻而形體全變，人經由禪機而心態更新。更新了的心態可以遺世而獨立，更新了的心態可以嬉戲人間，更新了的心態也可以勇敢地面對生命。

蟬不因秋風中的枯竭物化而不再生，人也不因解悟了禪機而放棄生命。

如果對生命的解悟帶來的只有悲苦與無力，那似乎還是不要解悟的好些。

做一隻安分的蠶

唐末詩人李商隱曾曰：「春蠶到死絲方盡」。換一句話說，也就是「絲盡方知死期到」。

站在人的立場來觀察蠶的一生，除了吃桑葉和吐絲外，別無他事。然後就是化而爲蛹，再化而爲娥。僥倖的遇到異性交配，母蛾產卵把種子傳遞下去，不僥倖的碰不到交配的對象，白白枯萎而死。

這樣的一生有什麼意義呢？連汽車也沒有坐過，連舞廳也沒有進過，也沒有希望做部長，管理其他愚昧的蠶，更沒有希望當歌星，贏得衆蠶的掌聲。這樣的一生，在我們人的立場看來，眞是意義全無，不能不使吾人爲之嘆息！

但是如果站在另一種立場來看人的一生，除了吃喝拉撒睡、交配傳種、追求名利外，又有何事？這些事就是那麼有意義的嗎？

人，吃夠了飯，說夠了話，就像蠶吃夠了桑葉、吐盡了絲一樣，也就到了完結的時候。也像蠶一樣，僥倖的遇到交配的對象把種傳下去，不僥倖的碰不到交配的對象，白白地枯萎而死。如此而已！

蠶比人幸運的一點是蠶不去思考，至少我們人覺得蠶不會思考；所以蠶會幸福，也無所謂苦惱。人呢，因爲會思考，一思考起人生意義的這種大問題來，苦惱就隨之而至了。

最好的辦法當然是像蠶一樣地不去思考，做一隻安分的蠶。吃完了桑葉就吐絲，吐完了絲就化蛹，睡夠了蛹的大覺就化蛾，找到對象就交配，交配以後就死亡！一任自然！你能做得到嗎？

輯三

自我

世界上最美的藝術其實就是創造一個新的自我！

鏡裡與鏡外

不知世間有沒有從未照過鏡子的人？大概是沒有的吧！如果有，那一定是在人類發明鏡子以前了。

人類是什麼時候發明了鏡子呢？考古學家似乎還沒有正確地答覆過這個問題。希臘人留下了一則納爾塞色斯臨流自賞的神話，說明了人類本有自賞的天性。恐怕在鏡子發明以前，人類早已是臨河、臨溪、臨湖自賞的動物了。

鏡子發明以後，那就更方便了，不管是銅的、鐵的，還是更進步的玻璃鏡，只要一舉起來，就看見了自己的形影，無須乎勞步去尋求自然的鏡子。人類也就愈來愈變成與自我相對愈多而自我意識愈來愈強的動物了。

人類原始的照鏡子的目的大概是偏重於自我欣賞，也就是意在求美。那美妍青春的，看了自己的形貌，自覺可喜；但那老朽醜陋的看了自己的形貌，又該做何感想呢？如果自覺不可喜，至少也算是認識了真正的自己吧！因此不至於強爲東施之效顰，這就是求眞了。求美，可以豐富人類的藝術生命；求眞，則可迫使人類修正自己的缺陷和錯誤，使人類的生活日益提高、文化日益前進。所以鏡子在人類進化史中的作用可眞不可忽視！

現代的鏡子業愈來愈發達，鏡子的花樣也愈來愈多。婦女用的有梳妝鏡，手提包裡至少還裝着一兩面撲粉描眉鏡。男人的刮臉刀盒也多裝有鏡子，小梳子上有時也會嵌上一面小鏡子。家庭的浴室裡也必裝有鏡子，意思是讓人每天都有看見自己光屁股的機會。機關學校常裝有整容鏡，怕人們家裡鏡子不夠多，忘了把衣服穿整齊。理髮店裡整面牆上裝的都是鏡子，讓顧客可以監視理髮師的手藝。鞋店裡裝有脚鏡，試鞋子的時候，光看脚就行了。牙醫師也備有指頭頂大的一面小鏡，專看你的蛀牙。現在還有一種細小的微形鏡，可以探到身體的內部做醫學的勘察。你看，人無時無刻不跟鏡子打交道，少了鏡子日子是無法過的了。

美的人在鏡子中發現了自己之美，醜的人也在鏡子中發現了自己之醜，二者都經過鏡子認識了自己。這種自認的能力是非常重要的，大概在群獸中只有人是具有這種自認能力的動物。這種能力因爲鏡子的產生，就更加發達了。但這只是有形的鏡子。除了有形的鏡子以外，還有無形之鏡，譬如小說、戲劇和電影，都是一面面無形的鏡子，反映着人類的生活。這種反映愈忠實愈眞切，對人類的助益就愈大。所反映的如果是美好的一面，固然足以使人們自我陶醉而欣喜；若反映的是醜陋的一面，也可使人們在戒懼憎惡中力求改進，結果就更加促進了人類的生活。所以有着眞實的反映生活的小說、戲劇和電影的社會，它的文化必定是日日新又日新的。

宇宙的中心

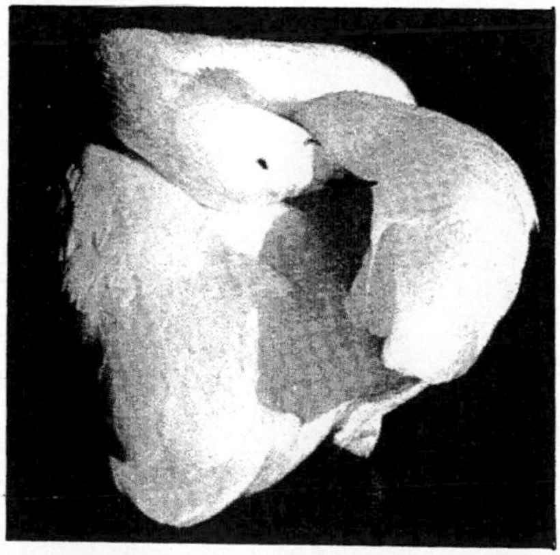

宇宙的中心在哪裡？

如果宇宙眞正是無限的，宇宙便沒有中心！只有有限的事物才會有邊緣與中心。

如果非要給宇宙定一個中心，那麼宇宙的中心就是「我」。人人都有一個「我」，所以人人都是宇宙的中心。

每一個人都是從自我出發認識周圍的環境和世界；每一個人與他人及客觀世界的關係也是由自我向外輻射的。因此從每個人的觀點來看世界與宇宙，都是從自我的核心逐漸觸及邊緣。他人與宇宙萬物皆是因「我」而存在，如沒有「我」，如何感知他人與宇宙萬物？

從這一個觀點來看，宇宙萬物不過是感覺器官所反映出來的一種「相」，甚至可以說只是一種「相」。固然借着他人死滅的經驗，「我」可以推知在「我」死滅之後，宇宙萬物仍然存在，但這只是推理，而不是實證。沒有一個人能夠證明在「我」反映客觀宇宙的能力消逝之後，客觀的宇宙依然長存。非實證的推理只能說是一種可能，而非必然。因爲宇宙的實存性是通過知覺器官才能驗證的；如缺乏知覺器官之驗證，宇宙之實存亦等於不存。

所以就知覺而論，「我」是宇宙的中心，宇宙是由「我」的知覺器官所反映的一種「相」。

自我

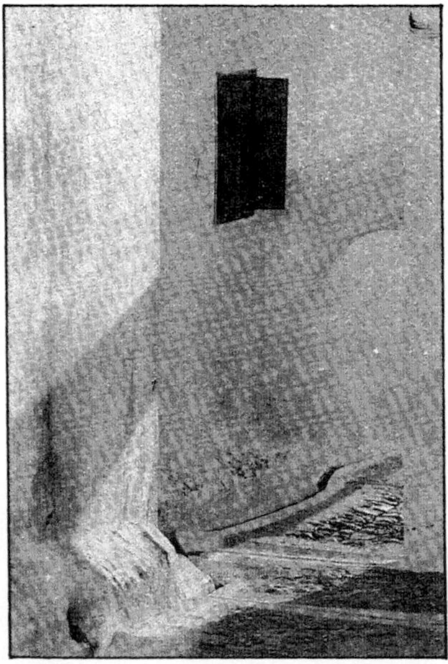

人

人都有個自我。

但是在沒有意會到他人的自我之前，便很難瞭解自己的自我，正如沒有照過鏡子的人不認識自己的面目一樣。

然而，若沒有自己的自我，又如何去瞭解他人的自我呢？正如沒有一己的形體，就是有鏡子可照也是枉然。

先有自己的自我是第一步，瞭解他人的自我是第二步，然後再回歸到一己的自我是第三步。經過了這三步的反省以後，也許有希望建立一種比較和諧的人際關係。

你自己深感到失財的痛苦，便瞭解到別人失財的時候也會有同樣的痛苦，這樣的痛苦落到你身上該是種什麼滋味？這麼回想了以後，你還有勇氣和衝動去偷取別人的錢財嗎？你自己深感到身體被損傷的痛苦，便瞭解到別人身體被損傷時也會有同樣的痛苦，這樣的痛苦落到你身上該是種什麼滋味？這麼回想了以後，你還有勇氣和衝動去損傷別人的身體嗎？

當然，如果你自己以失財爲樂，以身體被損傷爲樂，這時候便沒有任何力量和理由來阻止你去竊取別人的錢財或損傷別人的身體。

要說不准有自我，只准想別人，連上帝都做不到（如果有個上帝的話），何況是人！

主觀與客觀

客觀地看，世界包含着我；主觀地看，卻是我包含着世界。如沒有我，怎會有世界呢？

所以世界的存在乃建立在我的感覺上。如果我感覺不到了，縱有客體的世界之存在，對我而言與無此世界又有何異？

如果我想消除這個世界，只要消除了我自己，就大功告成了。可見那些自取毀滅的，不過是用做消除世界的手段而已。

世界之存在雖全因我的感覺而起，但我之感覺卻因我之存在而來。我之存在呢，又不能不建立在世界之存在上。設無此客觀之世界，我又如何得以生存？因此，世界與我是不可分的錢幣的兩面，是一個圓的兩個半圓，存則同存，毀則同毀。

如果我愛惜我自己，便沒有理由不愛惜做爲我的另一面的這個世界。如果我愛惜這個世界了，我才眞正把世界納入我的心胸中。我心胸中的世界與外在的世界合而爲一，我便化客觀與主觀爲一，化科學與藝術爲一，化萬物與上帝爲一，而我也就與這個世界永遠無法分解開來了！

生長的記憶

我們每個人都在尋找自我。自我在哪裡？我們所知道的只是自我是過去的記憶和當下的感覺之總和。

如果我們失去了記憶，哪裡還能找到自己？如果沒有當下的感覺，那麼連過去的記憶也都要丟失了。

其實我們的記憶也並不永遠停頓在過去，而是伴隨着我們的生命慢慢地生長。忽然有一天我們對過去發生過的某一事件或過去經遇到的某一情境產生了一種新的了悟，那就說明了過去的記憶在生長了。

可見世間的事物是永遠在變化的。不要想過去了的就形同死亡，世間並沒有眞正死亡的過去。我們認爲已經定案結局的事，其實仍然在暗暗地生長。

不要輕看了過去的傷痛，我們自己的心被傷了，或傷了別人的心，這傷痛也會逐漸地伴隨着日月而生長。也不要輕忽了過去的歡喜，不管這歡喜是我帶給人的，還是人帶給我的，它也會隨日月而成長。所以不願陷入無能自拔的傷痛之中，莫若多爲人帶一些欣喜，多讓欣喜得到滋長的機會。

可是誰又能完全避免刺傷他人或爲人所刺傷呢？不要把這些傷痕裝進遺忘的袋裡，因爲沒有創傷是可以完全平復的。你原以爲痊癒了的痛楚會偷偷地潛入你的夢境中出現。你要想做一個勇敢的人，莫若面對你的傷痛，那時候你才可以學習到如何產生承負它的力量。

生年不滿百

現在在大都市中購買公寓都有一種有期限的土地租約。因爲公寓是向高空發展的，在同一片土地上層層疊疊的不知有多少家公寓，所以公寓所有人不能擁有土地，只能買公寓時同時購買土地使用權。

這種土地使用權的租約一般都長達九十多年，如果只有五十多年，連帶公寓都不容易出售了。

一個三、四十歲的人爲什麼不可以買五十年的租約，非要買九十多年的租約呢？難道他希望再活九十多年嗎？

自然不是！這是一種心理的問題，正是「生年不滿百，常懷千歲憂」啊！

一個人替自己打算不夠，還要替兒女打算；替兒女打算不夠，還要替孫子打算。難道孫子眞需要祖父來打算嗎？恐怕事實上並非如此。不但孫子不滿意祖父的看法和生活方式，兒子也並不滿意父親的看法和生活方式。那麼替兒孫打算的心計不但是白費，而且常常適得其反，成爲後代的累贅與障礙。

其實一個人只爲自己打算好已經足夠了。爲自己打算好，就省了別人的心！那種爲人而忘我的精神，恐怕已不是當代合宜的行爲了。爲人而忘我與常懷千歲憂，仔細分析起來，都是自我之誇大，不免有意無意地擠掉了別人的生存空間和權利，包括後代子孫在內。

創造

聖

經上說：上帝創造了世界和萬物。

這是我們所知道的最偉大壯觀的創造。其他的創造者都多少爲人間增添了些什麼。建築師創造了屋宇、殿堂，音樂家創造了和聲、旋律，畫家創造了繪畫，文學家創造了詩和小說，戲劇家創造了悲劇和喜劇……。

但是我們常常忽略了誰創造了我們自己呢？我們想是我們的父母。其實那是不完全的。父母給予我們生命，然後撫育我們長到可以獨立自給的年齡，那以後照料關顧自己的責任就是我們自己了。

其實每一個人都存有創造自我的潛能，如果你從未自覺你具有這種潛能，你實在辜負了這種潛能了。如果有一天你忽然自覺我原是可以創造自我的，那麼你就不妨根據自己理想的形象試試看。胖的不是不可以減瘦，瘦的不是不可以增肥，軟弱的經過有恆的鍛鍊，可以變爲強壯。這一些不過是外在的肉體上的創造，還有內在的精神也可以創造。如果你不喜歡小氣和傖俗，你難道不能試試看如何學習豁達和優雅嗎？如果你不喜歡猜疑，難道你不可以學習對人多一分信任嗎？如果你自覺處處被動，難道你不可以試試也主動地去做一些事嗎？

當然改變自己是很難的一件事。但是你一旦知道了你原存有這種創造自我的潛能，你便有可能做出驚人之舉來。

世界上最美的藝術其實就是創造一個新的自我！

菊花的聯想

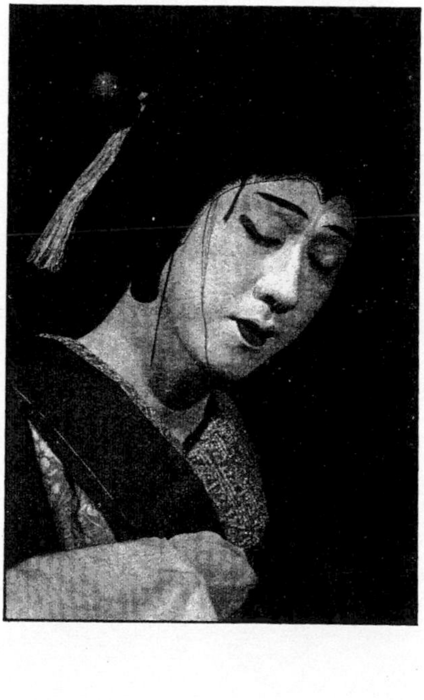

案頭放置了一盆菊花，開出了八九朵黃鮮鮮的花朵，甚是引人注目。菊花不是特別姣美的花，但自有它的豐姿。我在伏案筆耕疲累的時候，便時常把眼光休憩在菊花的花朵上。

有時忍不住想：不知菊花有沒有感覺？我在看花的時候，它是不是也正在以另外一種獨有的感觸方式來「看」我呢？在這樣靜默地相對中，我不免羨慕菊花的生存狀況，自覺趕不上菊花的安逸與自適。如果菊花也有感想的話，它會不會也在羨慕我呢？它雖然安逸而自適，我卻支配了它的命運，它無能支配我的。

支配者必定多勞，人的勞苦也正因爲支配而來。人本來也是受自然支配的，現在反過來要支配自然。不但支配自然，還要支配人。人與人互相支配，勞苦就越來越多了。

我既然無能獲得菊花的安逸與自適，便也只好接受自己支配而多勞的命運，正如菊花無能取代我，也並不因此而憂心，故可以在案頭展現出它那番安逸而自適的姿態。

各守其分，也該是順乎自然的一種生存方式了吧！

輯四

自由

人天生而自由，任何人爲的約束都是短暫而有限的；
只有自由的抉擇是無限的。

在樹林裡放風箏

在樹林裡可以放風箏嗎？

也許可以，但在我的經驗中，我從沒有看見過放風箏的人把風箏帶到樹林裡去放的。放風箏需要有寬闊的場地，風箏才可以不受阻礙地升空。

可是爲什麼計畫經濟的人，卻喜歡設出種種的障礙，不留出足夠的空間給經濟去自由發展呢？

爲什麼辦教育的人，也喜歡設出種種的障礙，不留出足夠的空間讓兒童、少年去自由發展呢？

爲什麼從事創作的人，也喜歡設出種種的障礙，不留出足夠的空間使想像和創作的慾望去自由發展呢？

爲什希望去愛人的人，也喜歡設出種種的障礙，不留出足夠的空間讓愛情去自由發展呢？

我們只知道不把風箏帶到樹林裡去放，卻常常在其他方面做着在樹林裡放風箏的事！

籠中鳥與水中魚

籠

中的鳥無不想脫籠而出，可以自由自在地在天空翱翔。水中的魚，卻不想脫水而出，也不可能脫水而出。籠與水對鳥與魚而言，都是一種障限，但前者範繫了鳥的自由，後者卻是使魚獲得自由的條件。

文化對人而言，正具有這雙重的象徵意義。有時像籠之於鳥，使我們感到窒息，恨不得擺脫了一己文化的範繫，振翅飛出，自由自在地享受不受拘束的逍遙。但是脫離自己的文化久了，又如離水的魚，自覺日漸乾涸，這時候又需要返回自己的源頭。

因此文化既障限了人的自由，同時又是使人獲得自由的條件。如果沒有文化，人固然在某些方面可以爲所欲爲，但在另一些方面卻又什麼事也做不成了。

規律之於藝術也是如此。藝術的創作一方面在擺脫規律，另一方面也在建立規律。如沒有冰刀，溜冰者如何在冰上飛馳或起舞呢？如沒有韻律，如何把散文變成詩歌呢？如沒有節奏、對位與和聲，如何把噪音變爲音樂呢？所以藝術之於規律，也正有着鳥與籠及魚與水的雙重關係。

人在生命的過程中時時在企圖超脫自我，但同時又在建立一個自我。我是生命的障限，也是賦與生命的條件。所以生命是我的籠中之鳥，也是我的水中之魚。我在的時候，生命便沒有絕對的自由；可是正因我的存在，生命才有相對的自由。

我們在爲籠中鳥而悲的時候，不要忘了爲水中魚而喜。當然這也並不意味着安於水中魚的自適就該忘懷了鳥對籠外廣闊天地的嚮往之情！

新芽與枯枝

玫瑰花眞是種生命力強悍的植物，一棵新芽一夜間就可冒升出來，過不了幾日已經是一株挺然的綠莖，馱着一朵粉紅、鵝黃或霜白的蓓蕾。

開過的玫瑰花瓣凋謝了，莖也會逐漸地枯萎。這種枯死了的花枝，即使你不予以剪除，也不會再生新的花葉了。

枯死的花枝，好像就是爲了把空間讓給新的的枝莖，這樣生命便新陳代謝地延續下去。這恐怕是自然界最自然不過的事情，似乎也沒有改變的理由與可能。

只有人是個例外，老了的人卻想要返老還童，甚至於狂想着不死之藥。是不是因爲人生實在是一件樂事，雖然活過了七八十年漫長的歲月，仍不捨離棄？

有沒有人認爲七八十年已經是夠長久的？肯定也會有的。那些生活在物質匱乏之中的人們，那些生活在疾病痛苦中的人們，那些生活在人爲的欺凌與壓迫中的人們，七八十年的痛苦，不是太久了麼？

但是不管是幸福的生活還是痛苦的生活，總要活到最後的一日。厭棄的也並不減短，奢望的也無能多得，這倒是世間最公平的一件事。既然如此，那麼最好的辦法不是奢求長生，還是想辦法使這幾十年活得自由自在。要自己活得自由自在的最好辦法，也許就是使別人也都活得自由自在。

神與德

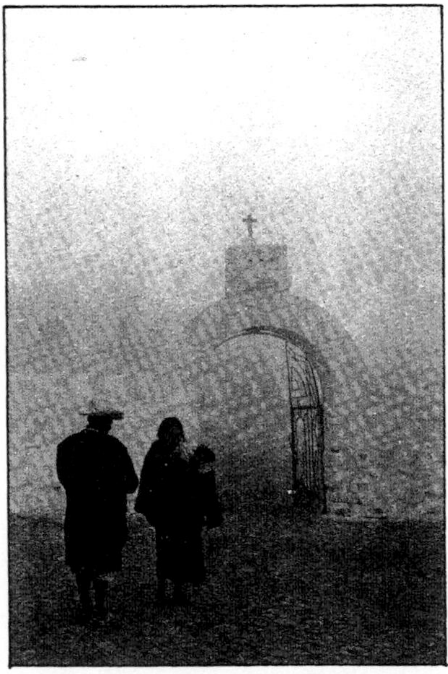

鳥

能在天空飛，可是不能在水中游；魚能在水中游，可是不能在天空飛。人本來既不能飛，也不能游，但是靠了人的智慧與尋求，不但能如鳥般地在天空飛，也能如魚似地在水中游。人，何其幸也！

人在衆獸中獲得如此優越的條件，贏得如此獨勝的地位，便不能不想到造物主對人的殊遇和青睞，心中自然會產生了感恩之情。

感恩之情，不但是一種宗教情感，也是種自我修養。沒有感恩之情者便流於放恣，放恣者非但戕害他人，也損傷自身。

宇宙間不一定眞有一個造物主，但人總要爲自己尋求一個可以寄託感恩之情的對象。這是宗教信仰者與自然溝通自潤而自修的途徑。

無神論者也必定要建立一種「德」以作感恩之情寄託的對象和自我修爲的途徑。妥斯托也夫斯基認爲不信神的人可以無惡不作，因爲他沒有考慮到「德」也可以具有神一樣的性質。

無神又無德，則是自我封閉，無能與任何外物溝通。虛無主義者的悲境大概在此！完全的虛無，並不一定就可以獲得完全的自由，因爲陷入虛無，仍是一種不自由。鳥之所以能飛，因其有翼，魚之所以能游，因其有鰭；翱翔的自由，恐不是一無所有可以達到的。

選擇的自由

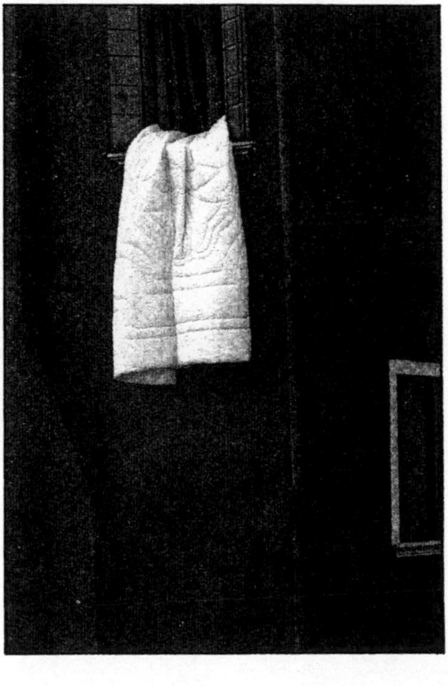

在巴黎、倫敦這樣的大都市裡，你時常會看到幾個衣衫不整的人，有時候是老人，有時候卻非常年輕，在垃圾箱裡撿一些人家丟棄的殘食，或是伸手向路人要幾個小錢，然後在天藍草綠的公園中遊蕩終日。夜來的時候，橋下、街頭隨地一躺，日子就這樣打發過了。

對這樣的人，在目前無所不及的福利制度下，難道沒有照顧和扶助嗎？當然有！只是他們不取罷了！

他們所追求的正是這種沒有任何牽掛，不負任何責任，自由自在任意遊蕩的生活調調兒。如果你要去可憐他們，你就錯了。在他們的眼中你反倒是值得可憐的。如果你要厭惡他們，你也錯了。因爲他們的存在與你無涉，並不值得你的厭惡。他的存在只是代表了人對生活的方式有絕對自由選擇的權利。如果他們沒有侵犯到你的權利和財產，你卻不能以有礙觀瞻的理由來取締，而只能容忍他們。實在說，在他們眼中的「觀瞻」，跟你眼中的「觀瞻」很不一樣。他們並沒有因爲你礙了他們的觀瞻而取締你！

這樣的人我們常常叫他們作波西米亞人（Bohemian），在歐洲有一個長遠的傳統，不管多麼暴虐的政權都不能不容忍他們，因爲他們代表了人的自由意志——有不加盟社會組織的自由！

從這裡你就知道，把「人」定義作「社會的動物」是有問題的，因爲有些人不管付出多大的犧牲與代價，也不肯接受「社會動物」這一種定義。

人的可貴處就在於是一種不能定義的動物。人具有種種潛在的可能。任何企圖把人束縛在一定的模式中的策略，在出發點上都是反人性的。如果勉強爲「人」下一個界說，只能說人是有自由選擇的動物。

人天生而自由，任何人爲的約束都是短暫而有限的。只有自由的抉擇是無限的。如果我們考查一下人類的發展過程，約束力愈強的社會集團，覆滅也愈快，最後只剩下那些容忍人們自我抉擇的種族。

人生的最大意義就在於前途的不可知，如果沒有自由的選擇，前途就是可知的了，充其量也不過形成一個蟻穴蜂巢的社會而已！我們能接受這樣的理念嗎？如果不能，就得讓人人有選取自己生活方式，和樹立自己人生態度的自由！

開放的花

如果我們已滿足於我們目下的生活，我們的生命便停滯不前了。因此，只要生命有延續與進展，在邏輯上便必須具有不滿足的先決條件。

人之所以不滿足，正因爲有自由發展的可能；如果沒有自由發展的可能，滿足與不滿足便都不具有實質的意義。

無限的自由追驅，預示了不可預測的未來，像在黑暗中奔馳的馬，前途是平坦的原野，是崎嶇的山徑，還是懸崖峭壁，在黑暗中奔馳的馬並不能自知。但奔馳是馬的天性，如不能奔馳，馬也就不是馬了。自由之追驅是生命的最高意義，如沒有自由之追驅，生命便不能成其爲生命了。

馬可能因在黑暗中奔馳而墜落懸崖峭壁，人可能因對自由之無限追驅而步上自毀的命運，然而「果」既已含在「因」之中，那「果」也就是無能避免的了。

花在開放的時候，不曾料到有凋謝的一日。但即使料到有凋謝的一日，難道就不開放了嗎？沒有開放，當然也就無所謂凋謝，但不開放的花，還能算一朵花嗎？

輯五

人與我

人與人的關係是對等的，有授就有取。
取授的可能是具體的物質，也可能是抽象的感情。

一跤跌出地球外

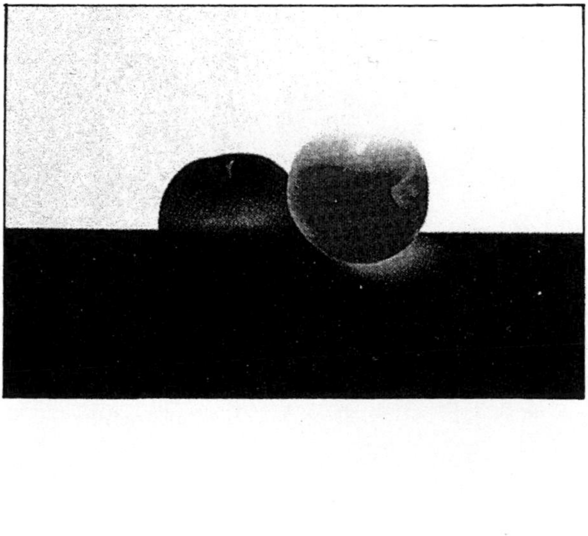

俗語說：「跌倒了再爬起來」。

那是因爲我們在地球的表面跌了一跤，所以我們可以再爬起來。如果我們一跤跌到地球之外，後果又如何呢？

當然，由於地心的引力，人不會跌出地球以外。然而人是富於幻想的族類，我們不妨設想：譬如說有一天，地球忽然失去了地心引力，除了固結在地表上的房屋和樹木以外，所有未曾牢植的人與獸都滴溜溜地跌出地球以外。那時候我們倒都可以自由自在地飄浮在太空之中，可以任意在太空中漫步徘徊。只要我們稍微用力，我們就可以從宇宙中的一點到達宇宙中的另一點，反正已經再沒有任何引力與壓力。那時候社會也不存在了，國家也不存在了，權勢地位也不存在了，金錢名譽也不存在了。宇宙是如此之大，如果你嫌惡他人，你儘管可以獨自躲得遠遠地，不去接觸任何一個人。到了你壽終正寢的時候，也不須火葬或土葬，你的遺體隨便遺棄在宇宙的一個角落，聽任其自然地消溶。那時候也沒有了交通問題，垃圾問題，污染問題，戰爭問題，所有的問題都在生活的範圍擴展到無限大的情形下迎刃而解。

由此看來，個人問題與社會問題的發生，全由於萬有引力的作孽，人人都被固結在地球上，生活空間愈來愈小，豈能不發生問題？

然而有一天能夠向其他星球疏散人口的時候，恐怕疏散了的人又會產生懷念地球病的吧？人對地球、對人間、對自我的生命，大概都同時具有這種既留戀又厭棄的矛盾心理！

天邊一顆星

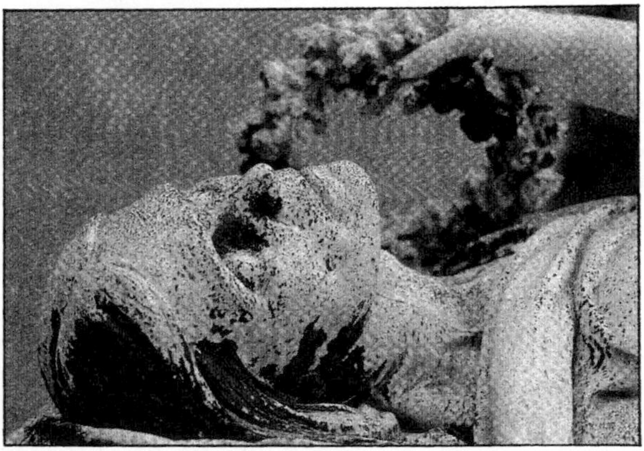

幼年聽過的一首流行歌，其中有兩句是：「天邊一顆星，照着我的心！」

這種把天邊的一顆星與自己的情感連繫在一起的想像，實在夠浪漫的。

天邊一顆閃閃的星光，上邊住着的可能是奇怪的生物，像《宇宙戰爭》一類的影片中所假想的擁有足以毀滅人類的先進武器。不過這幾年人又開始假想外太空中居住着較可愛的生物，像ET之類。

到目前爲止，人類還沒有見過眞正的外星人，或外太空的任何生靈。可怕與可愛的外太空生物都出之於人們的假想，可以說反映了人類自己的心理。

當人們懷着恨意的時候，一切都是可怕的；當人們懷着愛心的時候，一切又都是可愛的了。人就是這種愛恨交加的生物。

不要說對待外星人，就是對待同屬於人類的異族，人們不是也懷着憎恨的心理嗎？不要說是對待異族，就是對待自己的同族，不是也可能懷着憎恨的心理嗎？不要說是對待同族，就是對待自己的鄉鄰，不是有時也懷着憎恨的心理嗎？不要說是對待鄉鄰，就是對待自己的兄弟，不是也會憎恨嗎？不要說是對待自己的兄弟，就是對待自己，又豈能無憎恨之時呢？

其實人對待異體的可能，也就是異體對待人的可能。人既不能克制對異體敵對的態度，那麼又何能期望異體克制對人的敵對態度？所以由人性可以知自然。人類的命運，由人性中亦可見端倪。

佛說

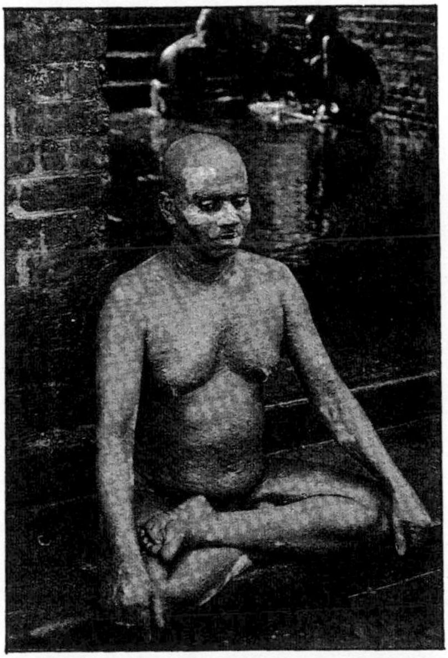

佛說：「萬事皆空！」

佛很偉大，把宇宙的眞理揭示給我們，因爲眞理是抓不住的，空也是抓不住的，所以說眞理就是空，空就是眞理。

這樣的話，說了等於沒說，我們可以相信，也可以不相信。相信了的人，覺得既然一切皆空，又何苦努力去做這做那，倒不如望明月、飲清風，自自在在的混過一世。不相信的當然繼續營營苟苟，到頭來自然免不了兩腿一伸，眞地也是一場空！

信佛教的印度人，生活在災苦中，不信佛教的西方人卻發展出了資本主義，改善了人民的生活。

西方人的生活固然改善了，可是同時也爲自己帶來了無數的麻煩與危機：諸如戰爭的威脅、自然環境的污染、人的疏離與物化等等。

目前看來印度人怪可憐的，西方人則很值得欽羨。但是如果把眼光抬高一寸，瞧瞧遠方，西方的原子彈爆炸的時候，印度人仍然在望明月、飲清風。那時候誰比較幸福，跟目前的看法就不一樣了。

討厭的是地球太小，西半球毀滅了，東半球也無法獨存。東西半球正像一根線拴的兩隻蚱蜢，命運是相當一致的。所以西半球最近幾年也產生了些一心嚮往飲清風、望明月的印度和尚，終日悠遊，無所事事。

佛說萬事皆空，就是如此。信不信由你！

緣

一個人爲什麼生於某一個地區，而不生於另一個地區？一個人爲什麼生於某一個時代，而不生於另一個時代？一個人爲什麼遭遇到某些事件與人物？在沒法解釋時，我們只能歸之佛家所說的一個「緣」字。

緣似乎先天地便帶有了宿命的色彩，人是無能爲力的。其實也不盡然。除了我們不能決定我們自己的生辰和生地以外，後天的遭際也有一半創造的可能。

首先，如果我們不是一個完全向命運低頭的人，我們便也具有一些自主的力量，有在一定的局限中創造自我的可能。譬如說，依靠了一己的決心和努力，我們不是不可能接受到本來看似遙遠莫及的教育，依靠了一己的決心和努力，我們也不是不可能謀取到本來看似不可能實現的某種職務和事業。對於人事也是一樣，我們至少也有一半的自由去選擇我們交與的對象。

我們已經盡到了內在的創造，然後外在的際遇就是緣法了。如果我們毫不盡力去創造去實現自我，一味依賴外在的緣法來安排一切，那不是緣，那是宿命，那是人做了命運的奴隸。

善緣與惡緣，常常起自一己的創造中。起念善，便易推向善緣；起念不善，便易於推向惡緣。

在創造的生命中，緣是十分值得品味的際遇。

自掃門前雪

「各人自掃門前雪，哪管他人瓦上霜？」

這句話在古代是一句諷語，言人之自私也！

但是放到現代，卻可視之爲褒語。如果人人都掃清了門前雪，那麼行路的人就沒有困難了。怕只怕有的人掃了，有的人卻沒有掃。勇於任事的人替鄰居掃了，鄰居不一定因此而感動，反而樂得有人代勞。久之，勤勞的人向懶惰的看齊，到了最後大家都可袖手等鄰居來代勞，再也沒有人自掃了。於是落得個茫茫大地無路可行。

所以還是各掃門前雪是上策，不肯自掃的，要制定法律罰款，強迫執行！

至於他人瓦上之霜，還是不去管爲妙。踏破了人家的屋瓦，不但要賠償，還要吃上官司。隱私權、財產權等等都有法律規定，他人瓦上之霜豈可輕易碰的！

時代不同了，道德也可以一百八十度大轉彎。古人認可的，今人不一定認可；古人不認可的，今天卻可能是「可！可！可！」

鄰家的櫻桃樹

我

家後園裡有一棵櫻桃樹，鄰居的後園裡也有一棵櫻桃樹。兩棵樹相距不到十尺，都一般的粗大壯實。所不同的是鄰居的櫻桃樹早半個月開花、早半個月結果，因此之故，等鄰居樹上的櫻桃轉紅的時候，立刻招引來大批的鳥雀，把櫻桃幾乎食盡了。等到我家櫻桃成熟的時候，附近的鳥雀們都剛剛飽醉了鄰居樹上的櫻桃，只站在我們的櫻桃樹上唱歌。我們因此有福可以豐收櫻桃。

這種情境已經是年年如此，終於引起了鄰居的不快。但是鄰居心中雖然非常嫉妒，但也並不是不明道理的人。這種情境來自自然，非人故意造成的。他既不能命令自家的櫻桃樹晚開花，也無法驅盡喜食櫻桃的鳥雀，唯一的法子就是狠下心來砍除自家的櫻桃樹了。

我覺得一棵樹只因不能供應主人果實，就遭到砍折的命運，未免太可惜了。每年賞目的櫻桃花其實遠勝可口的櫻桃。我於是向鄰居建議說：如果他不砍除他的櫻桃樹，至少可以保有我家樹上的櫻桃豐收，今後我家樹上的櫻桃可以由兩家分享。如果他砍除了他家的櫻桃樹，兩家的櫻桃都沒有了。

鄰居笑笑說：「這倒是一個好辦法！」他畢竟是個明理的好鄰居。

向花道歉

客

廳裡的幾盆花本來每四天澆一次水，但有時因爲事忙忽忘了，可能耽誤了一兩日。今晨忽見一盆花的葉子軟軟地垂下去，才悚然驚覺原來又忘了澆水。

這盆花疲軟下垂的枝葉好像都在向我提出無言的抗議和責備，責備我這個主人沒有盡到護花的本分。我一面澆花，一面對花萌生了一種強烈的內疚與歉意。如果我不能盡心盡意的照顧這幾盆花，根本就不該養花。原該把這些花送給比我更會加意愛花的朋友。

人事關係大概也是一樣的吧！如果無意盡心愛護照拂你的配偶，爲什麼要結婚呢？如果沒有撫育幼兒的時間和耐心是不該生孩子的。同理，對你的朋友置之不理，電話也不打一個，信也不寫一封，又爲什麼要朋友呢？

我很欽佩那些負有大任，對衆多人的生活，甚至於生命負責的大人物，他們似乎都修鍊出一種怡然自得、無動於衷的本領。要叫我站在他們的地位，不知會感到多麼的恐慌，大概一日安生的日子也過不了了！

幸而我不是那般的大人物，不必對如此衆多的人負責，我才能安然地活在我的角落裡，最多只向我的家人、朋友和花致以衷心的歉意。

零關係人

人與人的關係是對等的，有授就有取。取授的可能是具體的物質，也可能是抽象的感情；但不管具體或抽象，都遵守着取授之間大致均衡的平等原則。

最理想的取授關係當然是百分之五十對百分之五十。但人間這樣平等均衡的關係不多，最常見的關係是百分之六十對百分之四十或百分之七十對百分之三十。在理論上，只要一方的關係指數沒有降到零，這兩個人之間還是存在着一種細微的關係的。

只有在取授關係降到零時，那麼兩個人就成爲毫無瓜葛的陌生人了。零關係甚至於不如負關係。負關係是一種厭恨的關係，或企圖傷害對方的關係。這種關係至少說明了你潛意識中存在着期盼對方對你關顧甚至於愛護的心理。因爲你得不到對方的關顧與愛護，才會產生厭恨對方的情愫。如果一個人使你完全無動於衷，那是零關係，而不是負關係。所以零關係的人，對你在如不在。

如果一個人有太多的零關係，他就變成了一個零關係人，他既不取於人，也不授於人，他只孤寒地獨存在天地之間。

幸而零關係人在世間幾乎是沒有的。人多多少少對你周遭的他人不是取一點，就是授一點，因此就自自然然地產生出一種相互交往的關係。

但是絕對的零關係雖然並不存在，接近零關係的現象卻時常可見。譬如說百分之九十與百分之十之比，或百分之八十對百分之二十之比，都跟零關係非常接近。一邊是百分之八十或九十，一邊是百分之二十或十，失去平衡的機會就非常大了。一旦失去平衡，就會落到零關係的狀態。原因是接近五十對五十的容易向平衡方面擺動，接近百分之百對零的自然容易往不平衡的一方擺動。由此而論，百分之七十對百分之三十的取授關係，是一個勉強可以接受的人際關係的指數，超過這一個限度就很容易滑落到零關係的地步。所以小心了，如果你不願意成爲一個零關係人，最好保持你與人的取授關係在百分之七十對百分之三十之內，不管你取授的是物質，還是情感。

輯六

時與空

我們老去了，我們認爲是時光流逝了，
其實也是空間轉移了。

漫步在星雲間

在市場中爲兩斤白菜一斤葱討價還價的人，一想到房地產的買賣，就沒有心情做這種小兒科的爭執了。在房地產中討價還價的人，一想到國家興亡的大事，對房地產的買賣也就意興闌珊了。爲國家的興衰操切的志士一想到整體人類的命運與前途，也就覺得斤斤於一國之利害未免心胸過於狹窄了。爲整體人類而關切的人，如果可以漫步在星雲間，對人類的命運又該做何感想呢？

在時間的長流中，衰老的星球死亡了，新生的星星又在宇宙的一角冒升了起來。如果把時間依照人類的感覺能力壓縮起來，星雲間大概就是一片閃爍不定的明明滅滅的星光。我們所居住的星球不過在一明一滅間佔據了一段短促的時光。在這短暫的時段中，人類又有何了不起的地位與價值？

對上帝的概念應該產生在人類對宇宙的眞正理解與認識之前。先存有地球爲宇宙之中心的觀念，才能夠產生一個偏愛人類的上帝。現在我們明白了地球不但不是宇宙的中心，也不是太陽系中一系列星球的中心；而太陽系也不知埋藏在宇宙中哪一個陰暗的角落。如果眞正有一個主宰宇宙的上帝的話，當祂在星雲間漫步的時候，祂的脚趾恐怕永遠也觸不到我們的地球，就像我們在海邊漫步觸不到某一粒細沙一樣。祂老人家弓下身來細察星球上的生物，恐怕永遠也目接不到高不及兩公尺的細微的人種，想必祂更能欣賞某些星球上的恐龍也似的龐然大物。僥倖祂老人家偶然向宇宙中陰暗的一角溜了一眼，看到了一群小小的彈丸環繞着一顆亮晶晶的小星球，又僥倖在其中某一個彈丸上看見了一群球絲菌菌的小生物，不管這些小生物多麼地口呼「哈里路亞」猛頌祂的盛德，大概也像我們面對着糞坑中的蛆蟲一樣地不能理解牠們的動機和意念，更不用說什麼珍愛之情了！

由此看來，人類的價值是自付自給的，人類的生命是自生自滅的。多麼偉大的人物也無法把這種自我的價值膨脹到自付自給的範圍之外；多麼永生的形象也無能超越一定的時空之限，而終將消失在歷史的陳迹中。

因爲人是如此的渺小和無足輕重，人才能夠做出那些看來無意義的舉動。人爲自己國家的興亡而關心，人爲使家人可以安居的房產地產而奔勞，甚至在市場中也會兩斤白菜一斤葱討價還價而爭執不休。比起至大的宇宙來，反正一切都是相對渺小的。兩斤白菜一斤葱並不輕於一座大廈，一座大廈的隆替也不必定輕於一國之興亡。這都是人生中的命題。我們不過是人生中種種命題的解題者。

從星雲中回到人間，我們也只有安於我們自付的價值，安於我們有限的那一段短促的時和那一方狹隘的空！

宇宙的始與終

大概因爲人類自己的生命有始有終，人類所能觀察到的地球上的物理現象，也就無不有始有終，因此邏輯上推想宇宙的過程也該是有始有終的。

特別是在本世紀二〇年代，當天文學家發現了外星系的星光逐漸減弱和逐漸遠颺的現象以後，更增強了人們對宇宙終始的觀念。最有名的理論就是以投奔美國的俄國天文學家葛莫夫（Gamow）爲代表的「大爆炸」（Big Bang）說，認爲宇宙始自一次大爆炸，所有的星雲和物質都是這次大爆炸的產物。宇宙也就跟隨着大爆炸的過程愈來愈形膨脹。據此理推衍下去，宇宙膨脹到一個限度以後，自然衰竭而完結。

這樣的推理未免太悲觀了，不怎麼適合一心追求永恆的人類的期望，因此又有以郝勒（Fred Hoyle）等爲代表的英國天文物理學家提出的「永恆」（Steady State）論，認爲宇宙中的星系與物質都是由原子凝成，而個體的原子是不停地創生的。至於原子如何創生？尚無答案。不過這樣一來，在理論上宇宙就成了一個無始無終的永恆存在體，比較樂觀多了。

當然還有折衷二者的「小型大爆炸」（Little Big Bang）論，認爲宇宙中有局部的不停的爆炸，因此也就相當「永恆」了。

這些問題看樣子是永遠不能證實的，也就永遠難以解決，但人類偏偏是喜歡解決不能解決的問題的動物。

至大無外・至小無內

直到上個世紀末，物理學界還在相信「原子」（atom）是物質不可分割的基本元素。但是在一八九七年發現了組成「原子」的「電子」（electron）和「原子核」，才知道「原子」不能算物質的基本元素。這個世紀，物理學家又相繼發現了組成物質更小的單位，像「量子」（quantum）、「質子」（proton）和「中子」（neutron），以及構成這些單位的更小的單位，我還不知道中文如何譯法的 quark 。這眞應了中國古人所說的「至大無外」與「至小無內」這兩句話了。

看樣子，只要人類的科學繼續進步，就可以把物質的構成元素繼續分解下去。就像莊子所言的「百尺之杵」，雖日折其半是永遠不會折完的。邏輯上既有無窮大，就有無窮小，「有」不能成爲「無」，那麼物質的最基本的元素能夠求得出來嗎？

但是科學家好像非常有信心，就如追索宇宙的奧秘一樣，竭心盡力地追索物質組成的奧秘。

科學界有三個大題目難以解決，一個是宇宙的奧秘，一個是物質的奧秘，一個是生命的奧秘。因此科學家是非常疲憊的，只有等到宗教家大聲呼喝道：「上帝創造萬物！」哲學家悠悠地告訴我們：「至大無外！至小無內！」我們的精神才能夠獲得暫時的休憩。

時與空之一

「時」與「空」之間到底有些什麼相互關連的關係？如果空間是固定不動、不變的，那麼「時」的確具有另一種質素；但是空間並不是固定不動不變的，事實上沒有空間中的任何一點會停留在原來的位置！

先說我們居身的地球就是轉動不已的一個星球，除了自轉以外，還有公轉，因此地球在自轉與公轉中永遠不會停留在同一個位置。那麼在一年繞行太陽一周的公轉後，地球是不是就恢復到原來的位置呢？也不是，因為整個太陽系也在運轉中。太陽系所屬的更大的星雲系在宇宙中也是一個運轉不停的體系。就以空間上無限的宇宙而言，今天的日出，亦非昨日的日出；今年的春季，也已經不是去年的春季，因為其在宇宙中的地位更動了何止十萬八千里！所以我們就是居身家中，足不出戶，我們已經跟隨着星雲的運轉在宇宙中旅行了數億光年的旅程！

空間的更易就是時間。因爲空間本體便具有先天的更易性，在更易變動的空間之外並不存在一個固定不動的空間，所以結論是空間就是時間！也就是說「時」與「空」是不可分的一體。

我們老去了，我們認爲是時光流逝了，其實也就是空間轉移了。我們永遠不能停駐在宇宙中固定的一點。這就是爲什麼死去不能復生，歷史無法重演。

對於我們的未來，則是一個謎，是一個絕對的謎！其做爲一個謎的先決條件，正因爲空間的移轉絕不會重複，而是在無垠的宇宙中的一種永恆的探險。

時與空之二

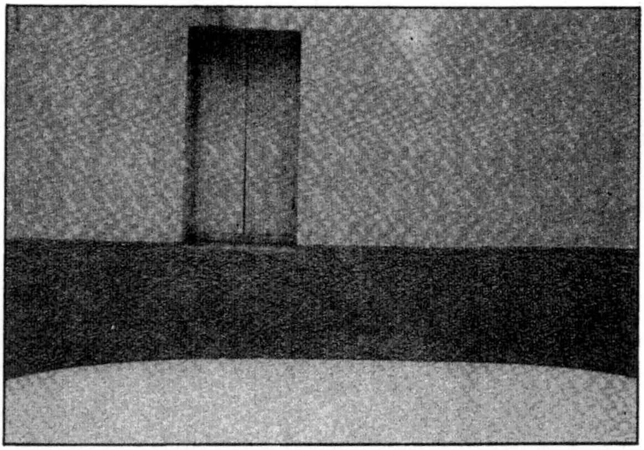

我們中國人對宇宙兩字的解釋是：上下四方謂之宇，古往今來謂之宙。所以宇宙兩字的意義就等於時與空二者的組合。

然而時空是兩種截然不同的事物，還是一種事物之兩面（或兩種看法）？這個問題是歷代的物理、天文和哲學家們企圖解決而仍然無法解決的問題。

如果宇宙的創造是有始有終的話，時間就在宇宙之外主導着宇宙生存的過程了。那時間是怎麼來的呢？

另外一種設想就是時間與空間爲一體，也就是說時間是空間表現的另一種形式。時間之所以存在是由於空間所具有的一種最基本的性質：「動」，也就是易經上所說的「變易」。

如果空間不具「變易」這種基本性質的話，便是一種不能容物的凝固體。既然空間是可以容物的，那麼也就決定了其非變動不可的本質。空間的變動就是時間。

因此時間並沒有客觀性，時間的速緩以空間變動的速緩爲準。人的身體的組成分子是一種空間，這種空間變動的速緩就決定了人所感知的時間。愛因斯坦因物體運動的速緩所求出來的「相對時間」就是這個道理。

時間的迷惑

從倫敦下午四點起飛，飛到加拿大的溫哥華，仍是當日的下午四點，恰恰飛過了八小時的時差。如果我不再飛回倫敦，在生命中不是淨賺了八小時嗎？

假使我們從地球向另外一個星球飛行，如果也有所謂時差的話，我們會不淨賺的更多？甚至於可以淨賺一生呢？我不是愛因斯坦，不會計算地球時間和宇宙時間的差別。但是我卻也知道地球時間是以大地的轉動率來計算的。這是客觀的計時。除了客觀的計時外，是否還有個主觀的時間呢？同是一天的時間，對活了八十歲的人來說，不過是兩萬九千二百分之一，但對只活了十歲的人來說，就大到三千六百五十分之一了。要是你只有不到五千塊錢在口袋裡，每一塊錢對你都是多麼重要呀！然而最多你也不過只有三萬多塊錢而已，你花去一塊，就少掉一塊，永遠不能再賺回來！

假使我們飛到另一個星球，那裡的時間是另一種計算的法子，會不會影響到我們生命的長短呢？要是肉體不會爲日月所磨損，或者磨損後有更新的法子，那麼時間的過程還有什麼意義呢？

時間，總是使我迷惑的一個概念。

永恆

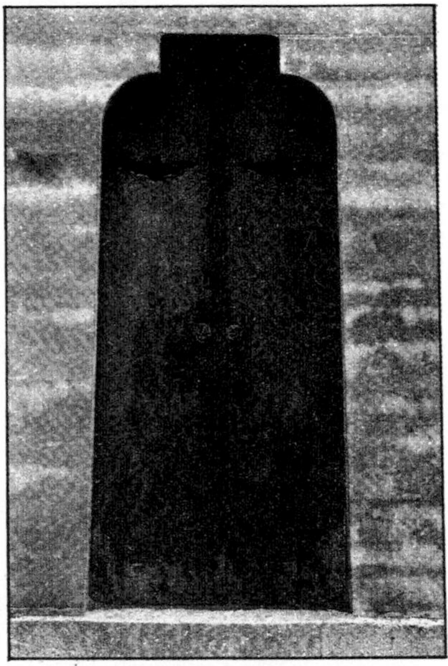

永恆

永恆的本意是固定不變。如果世間沒有不變易的空間，實質上便無所謂永恆的存在。但是永恆可以做為一種相對的概念而存在，譬如說空間的運轉這一事實便可以說是永恆的。

包括人在內，萬事萬物的存在，在本質上都是瞬間即逝的。但在相對的觀察者而言，則可以進入相對的永恆的範疇。如果我們在一日差距的距離上觀察一個人的行動，在我們觀察到的那一刻，實際上已是這個人二十四小時以前的行動。如果在我們觀察的同時，這個人正巧死亡，既然我們所觀察到的行動是他死亡以前的，那麼對我們觀察者而言，他仍然是活着的。

同理，如果我們把觀察者的距離拉遠，譬如說拉到一千年，那麼在一千年的距離以外便可以觀察到唐、宋時的活動了。如果拉到兩千多年的距離，便可以觀察到楚漢相爭和耶穌復活了。那麼說在距離地球幾萬光年的星球上觀察地球，人類還不過正在過着史前的原始生活。如果在幾億光年以外的星球上，就可以觀察到地球的誕生和生物的進化。就觀察者而言，所謂「過去的」，又何嘗過去了呢？這難道不是一種相對的永恆嗎？

對兒子而言，父親總有逝去的一天。但是父親永遠停留在他的歷史的空間中，在理論上他的生命是可以透過空間的距離觀察到的。歷史都已經是過去的事，但是眞正都已消失不見了嗎？

四度空間

有些科學家在研究長寬高以外的第四度空間，認為生活在三度空間的人不瞭解第四度空間，正如生活在二度空間的生物（假設有生活在平面上的生物的話）不瞭解三度空間一樣。一隻蘋果在二度空間中只能顯示出一個圓圈，絕對顯示不出三度空間中蘋果的形貌。同理，到了四度空間，蘋果就絕對不是目前我們經驗中的那種樣子了。

這第四度空間實在玄妙，不管靠着多少透視圖和極富隱喻的講解，我還是達不到理解第四度空間的程度，也沒有對第四度空間的需要和感覺。然而我仍有我的第四度間，我的第四度空間就是時間！時間改變了我三度空間的面貌，使我無法永駐在相同的三度空間中。

三度空間本是靜止的，時間使三度空間獲得了延伸，從靜態轉入動態。如果沒有時間，你根本不可能從一點走到另一點，你的種種活動都是靠了時間的翼助。所以空間的延伸與擴大就是時間。

宇宙中並沒有具體的時間，只有空間的延伸與擴大。時間是一個人爲的觀念，而不是宇宙的本相。生物的滋生是空間延伸的一種變貌。因爲宇宙本無界限，不停的延伸與擴大則與靜止無異。幾萬年的時光無異於幾分與幾秒，因此人實在同時生活在瞬間與永恆之中。

我所能理解的第四度空間，只能是時間！

行走的山

山也會行走嗎？

是的，山也會行走，在時間的長流裡，山可以從北極走到南極，從歐陸走到美洲。山時時刻刻分分秒秒地在行走。

山的行走就好像額上顯現的皺紋或髮梢透露的顏色，不知不覺中已經在轉變了。

一株松樹的幼苗在數十年間茁長成一棵巨松。一個牙牙學語的幼兒，在數十年間變成一個髮落齒搖的老翁。

你想到嗎？生長的意義是什麼？生長的意義就是步向死亡。如果你不曾生，當然你也不會死。但是你一旦接受了生命，你就注定了要死亡。那使你健壯的食品，也就同時是使你衰老的毒物，那使你恢復精力的休憩，也同時要消磨掉你的精力。

如果你懼怕死亡，那你定會連生命都要懼怕起來。如果你只能面對生命而不能面對死亡，那你根本還不瞭解生命是怎麼一回事。

生命就是行走的山，看似穩健不移，其實正在暗暗地從一點步向另外的一點。

在生與死之間，說長久，也很長久；說短暫，也很短暫，全憑你主觀的設想。你看，生命的長短倒像掌握在你自己的手裡。

如果你有所選擇的話，你選擇懼怕死亡呢？還是面對死亡？你自己明明也會知道，不管你懼怕也好，面對也好，死亡總在你前頭的某一個地方等待着你，等待着你走過去，就像山慢慢地移動它的脚步，只是山是不會恐懼的。

歷史的虛幻性

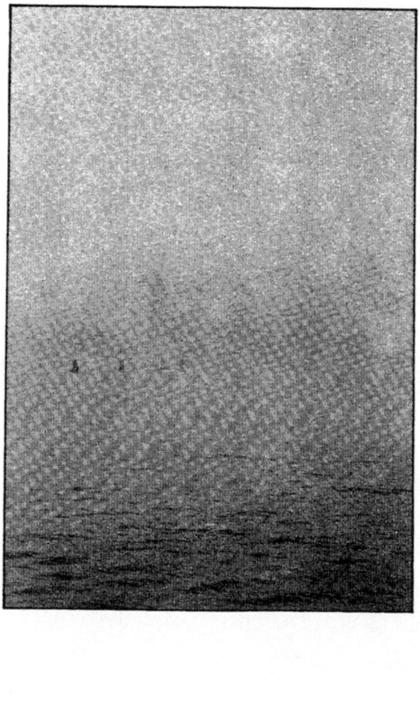

如果當下所知覺的客觀世界是眞實的，那麼過去與未來相對而言就是非眞實的。

過去的經驗也曾眞實過，但一變作記憶就是非眞實的了。沒有人可以爲記憶中的火灼傷，沒有人可以爲記憶中的水淹死。記憶中的所有的經驗都已化作「印象」。

「印象」，我們知道，是一種主觀的事物，不但因人而異，也因時而異。同一個人存留在記憶中的印象可以隨着歲月的增長而生長，而變形。

廣義的說，歷史就是人類對過去的經驗所存留的一種印象。最可靠的歷史是即地即時的記載。新聞記者現場的報導是最眞實的歷史資料。但是今日我們所讀的歷史有多少是從現場的報導而來的？可以說極少極少。大多數的歷史都是根據了某些人的印象、或者印象的印象而完成。這種印象的歷史有多少可信呢？

我們不能相信歷史，可是也不能不相信歷史，因爲除了歷史以外，我們對過去一無所知。

既然過去的已不過是一種印象，那麼對詮釋印象的歷史，我們也就不能苛求了。歷史本來就具有虛幻性，我們實在也無法百分之百地瞭解一種過去的經驗。

瑰麗的星球

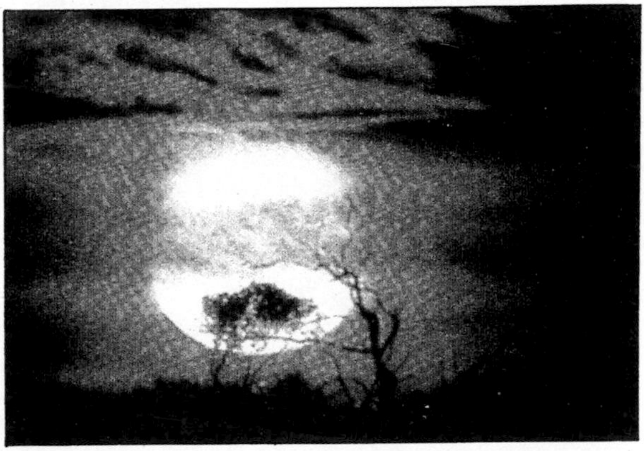

突然睜開眼睛，見窗外的日已不是日、月也不是月，而是兩個瑰麗的星球，一大一小，小的在上，櫻紅奪目，大的在下，海藍鑲嵌着絳紫，兩者均顏色鮮豔，瑰麗異常。轉瞬間，小的在大的之前迅速墜落。於是忽然感覺到地球旋轉所帶來的暈眩。

這景象，是夢，是一時的幻想，還是宇宙間隱密的奇幻的驟變，爲我偶然所窺見。百思不得其解。但我確確實實看到了這一番奇景，當時心頭所感到的震撼，到現在仍無法平復。

數年前在英國的電視上，看到一個解釋四度空間的節目。節目主持人說讓生活在三度空間的人來瞭解四度空間，幾乎是一件不可能的事。那麼我們人所能觀察到的物理天象，都局限在三度空間之內。因此我們對時間所代表的意義一無所知。我們對宇宙中的黑洞也一無所知。我們所能理解的，只是宇宙中極小的一部分，極單純的一種面相。

我懷着忐忑的心境，回想我所窺見的瑰麗的奇景，那只可能是我幻覺中宇宙的另一種面相，是在物理的世界中觀察不到的。但這奇景確是存在於宇宙之中。

輯七

自然

人類從大自然中獲取的太多，給與的却太少。
這樣的行爲會永遠不受懲罰嗎？

玩火的孩子

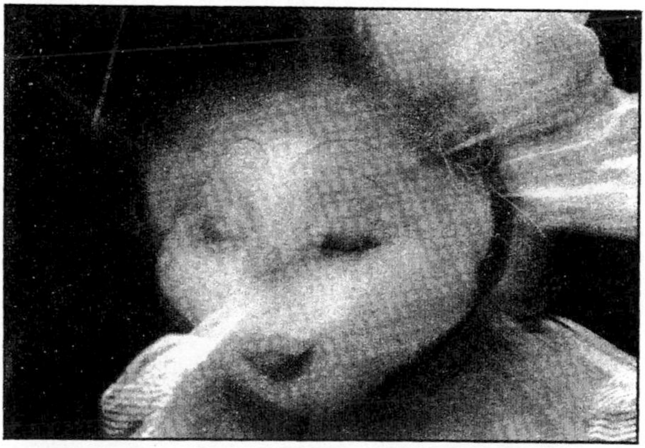

笛卡爾說：「我思故我在」。馬克思說：「存在決定意識」。前者以爲意識思維是存在的邏輯基礎；後者認爲存在是意識思維實質上的先決條件。二者審視的角度不同，因而不必看成是互相排斥、不可並存的矛盾。

我們的意識思維不可能先於存在，但如沒有意識思維又何以知覺存在之爲存在？

不錯，只有透過個人的意識思維，才能感知一己以及客體世界的存在。如果我們一旦封閉了一己的意識思維，己體與客體世界對「我」而言已同時消失了。所以毀滅一己的意識思維也就等於毀滅了整個世界。

能夠自毀的人，如果掌握了毀人的工具，是沒有理由吝惜於毀滅這個世界的！這個世界所以至今尙不曾毀滅，原因是尙沒有一個單獨的個人能夠掌握毀滅世界的工具。但科技在不停的精進，是否有一天會達到個人掌握巨大的毀滅能力的地步？不但有這種可能，而且答案幾乎就是肯定的，不然科技就不成其爲科技，精進也就不具有精進的意義了。

在我們尙在無知地爲科技的精進天眞而興奮地鼓掌叫好時，我們是否想到我們的行爲正像一些尙未爲烈火灼傷過的玩火的孩子？

星際戰爭？

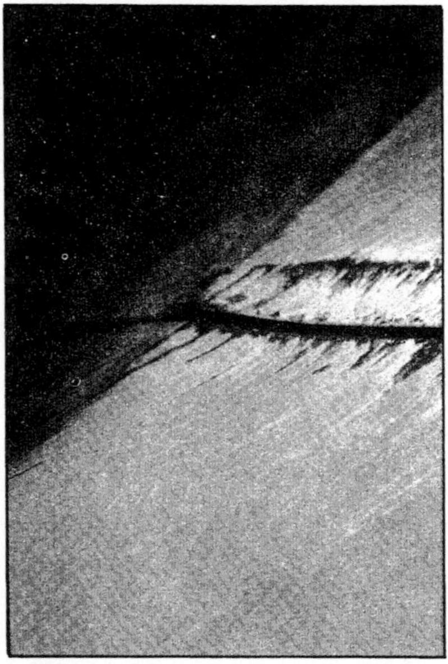

人

羨慕飛鳥，終於製造了飛機飛上了天空；人羨慕游魚，終於製造了輪船游進了大海。如果鳥與魚也羨慕人的話，牠們要怎麼辦？

在這個世界上似乎再也沒有一種生靈足以跟人來競爭的，人在地球上成了為所欲為的霸主！我不免想，要是有一天，忽然有另外的一種生靈也具有了某種智慧，不管是由於進化的結果，還是遺傳中的突變，或者受了外因的促成，總之，地球上忽然出現了人以外的另一種足以跟人類較量的敵手，那時候人會採取一種什麼態度來對待這樣的敵手呢？恐怕一場毀滅性的戰爭是不可避免的吧？如果人與人之間已經如此地彼此猜忌，無法攜手合作，又豈能企望人類會容忍另外一個異種來共同生存？

同理，設想宇宙中其他的星球上也存在有跟人同等智慧的動物，或者比人類更加智慧的生靈，他們會容忍人類的共存嗎？如不能，人類積極的往太空發展，不是遲早要掀起一場眞正的星際大戰嗎？

當然，我們也可以期望更加智慧的生靈，應該更加懂得和平共存之道。但，那只是我們期望，在真正的災禍臨頭之前，我們永遠不會有十分的把握！

人爲與自然

地球的自轉形成了日夜，地球的公轉造成了春、夏、秋、冬。這一切我們都稱之謂自然現象。我們人類就是在這一些自然現象中孕育成長。

可是自從人有了文明以後，人便不再安於這種自然現象，企圖嘗試來改造這種自然現象。夜間沒有日光，人便發明了代替日光的燈火，足可以變夜爲晝。自然中本來是夏暖冬涼，人卻在夏季增裝冷氣，在冬季增裝暖氣，使冬暖而夏涼。

改造自然的結果爲人類帶來了更大的方便與舒適，可是人類適應自然的能力必也相對地減弱。原來凍不死的冷天，現在因爲住慣了暖氣房，就會凍死了；原來熱不死的燠暑，現在因爲用慣了冷氣，就會熱死了。其他對自然界細菌侵染的抵抗力，也因文明所帶來的衛生之道而相對地減弱。從這種趨勢看來，人類愈文明也就愈難以適應自然的環境。另外一方面呢，文明也帶來自然環境的惡化，惡化的結果是不適於人類的生存。這中間的矛盾是：文明的目的本來是爲了改進人類的生存環境，增強人類的適應能力；但其結果卻恰恰相反，竟破壞了原有的自然環境，減弱了人類適應的能力。

不幸的是人爲的文明卻又是造成人之所以爲人的基本條件。試想如果人完全否定了一切自發的人爲努力，純任自然，那又與其他的動物有什麼區別呢？

所以人爲與自然的對立是文明人之所以成爲文明人的最大矛盾，也是永遠無法解決的一個矛盾！

雨的恩澤

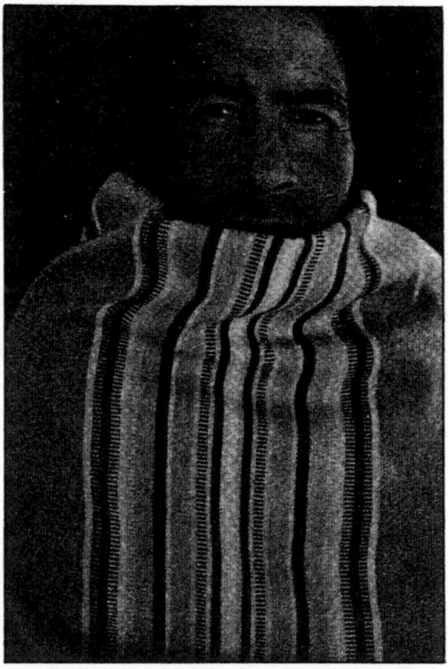

雨

多固然成災，無雨更會導致巨大的災禍。赤日千里、土地龜裂的乾旱景象，幾乎就是死亡的象徵。

一場適度的雨後，該冒芽的冒芽，該抽枝的抽枝，該長葉的長葉，該開花的開花，萬物都欣欣向榮，人也因此精神爽朗。

對依賴土地生存的農民，雨有莫大的恩澤；但對在工廠中做工的工人，雨並沒有多麼重要。工業化了的社會，工人愈來愈多，農民愈來愈少。工人無愛於雨，便大量製造廢氣、污水，使原來清純的雨變成了黃雨、酸雨、化學雨、毒雨。這樣的雨落在地上，毒化了土壤，摧毀了植物的根莖，當然也會損傷人體。

清純的雨水是自然賦與的，毒雨卻是人工造成的。人爲了改善居住的環境，卻破壞了居住的環境；人爲了改善自己的生活，卻葬送了自己的生活，何其愚蠢的人啊！

農民感念自然的恩澤，便依順自然的規律；工人依賴自己的雙手創造，便企圖征服自然。人，既可以做農夫，也可以做工人；既有崇敬歸順自然之心，也有征服超越自然之力。前者由自然中孕育，後者又豈非爲自然所賦與？矛盾的人啊，如何來對待自然呢？

感恩

如果沒有太陽，便不會有大地；如果沒有大地，便不會有人類。我們日日享有着太陽的溫暖，享有着大地的負載和哺育，可曾想到過感激？

沒有！很少有人想到如何感謝大地的恩惠；更少有人想到去感激太陽。不但沒有感謝的行爲，反倒適得其反地對大地的破壞和摧殘無所不用其極，對太空的汚染也無所不用其極。

當然「大德不報」，因爲恩惠大到無法報償的時候，也只好不報了。太陽和大地對人類的恩情正是大到無法報償的程度，因此只能任其自然。

然而「不報」與「恩將仇報」之間還是有着很大的距離和區別。如今人類對大地與太空的所作所爲，實在是恩將仇報。自然資源取之唯恐不竭；自然景觀破壞之唯恐不盡；河流、海洋、太空染之唯恐不汚！如果是在生死存亡的關頭不得已而爲之的，尚情有可原；但多半的情形下並非生死存亡的關頭，而只是由於一種無盡的貪心！

「貪」本來是一種壞德行，但資本主義爲「貪」找到了合理的理論根據：只要在理性的控馭下，人人各貪其貪，社會就可以進步。這是不錯的，今日社會的進步就是各貪其貪的結果。但是貪的結果，也使人忘懷了感恩之情。感恩之情是給予，而非獲得。人類從大自然中獲取的太多，給予的卻太少。這樣的行爲會永遠不受懲罰嗎？

鳥的領域

窗

外的平臺上每天總有些鴿子停落在那裡。不知那位好心的人，不時地投擲在平臺上幾片麵包，鴿子就益發來得勤了。即使在沒有麵包的時候，鴿子也經常地在平臺上漫步或是無所事事地靜臥在冬日的暖陽中。

忽然有一日飛來了兩隻碩大的海鷗，也落在平臺上。先是在四周逡巡，眼睛瞭望着鴿子正在啄食的麵包，也想分一杯羹食，可是並不多麼敢於欺近。後來終於一隻海鷗大膽地走近了麵包，但立刻被一隻鴿子啄開去。試了幾次都沒有成功，兩隻海鷗終於失望地飛走了。

論體型，海鷗比鴿子大了幾乎一倍；論力氣，鴿子恐非海鷗之敵。海鷗並非無法戰勝鴿子，只因平臺原來是鴿子的領域，海鷗也就無能爲力了。

人類的領域感比鳥獸還要強烈，遭到異族侵略的時候無不奮力抵抗。

不要說拿破崙吞不下帝俄，日本吞不下中國，就是比阿富汗大了百十倍的蘇聯，恐怕也難以吞得下阿富汗去。但是也並非沒有例外的，原來印地安人的領土，今日卻成了歐洲的白種人的世界。印地安人竟沒有成功地維護住自己的領域。由此看來，世上的事倒也無法一概而論的。

社會的源起

過去的哲人，有的說人類的社會起源於婚媾的關係，有的說起源於勞動的合作，有的說起源於侵併的敵對。但是爲什麼社會必有一個起源呢？

其實社會是人類存有的最大特徵，就像蜂巢蟻穴的社會是蜂與蟻存有的最大特徵一樣。你試想蜂、蟻的社會是怎麼起源的呢？沒有人可以假想世間先產生了一隻一隻個體的蜜蜂，然後因爲合作釀蜜的關係，這些個體的蜜蜂才集成群體而形成一個蜂巢。蜜蜂既不能個體產生，也不能個體存在。人也不能個體產生、個體存在。所以我們只能把亞當、夏娃的故事當作神話。

如果在人以前有過人猿那個階段，人猿已經以群體的社會狀態存在了。如果在人猿以前，還有另外一種更原始的狀態，那時候必定也是集體存在的，就像今日所看到的猴群、狼群、獅群一樣。

所以社會沒有起源，因爲人類一出現在地球上就是以群體的狀態存在。社會雖然沒有起源，但是卻常常在轉變，從一種狀態轉換到另一種狀態，就好像生命的現象一樣，社會的更變也是永不停止的。想要把社會維持在一種固定的形式中，就是一種毫無意義的事了。

物質不滅

物理學上的「物質不滅」定律是否可以運用到經濟學上來呢？譬如說某人賺來的錢，正是另一些人損失的數目。經濟的運作似乎並不是這樣子，經濟繁榮的時候，大家都有錢賺，經濟蕭條的時候，衆人都要餓肚子。可見財富的產生與轉移，並不遵循物質不滅定律。要是天災人禍頻仍，就會遭受到難以恢復的經濟損失。

財富既然是可生可滅的，但如果把經濟跟自然環境綰結起來，是不是會墜入「物質不滅」的常規中？譬如說：變成人間財富的石油、煤、鐵，使地球的蘊藏貧瘠了；製造人間財富的工廠排出了污煙和廢水，把太空和海河污染了。人間的「得」終究變作了自然環境的「失」。如果人間長此以往地「得」下去，到了最後是否會成爲一個大「失」呢？

工業化是每一個社會都在追求的目標，正因爲工業是製造人間財富最穩當、最快捷的手段。但不幸的是工業也是破壞損傷自然環境最穩當、最快捷的手段。農業已經爲人類製造了數千年，甚至於上萬年的財富，雖然生產的財富極爲微薄有限，但似乎再繼續個幾十萬年，對大地的環境也不會有什麼損害。工業呢？能無限度地發展數千年嗎？數千年後，大地將成爲一種什麼面目？

適應環境

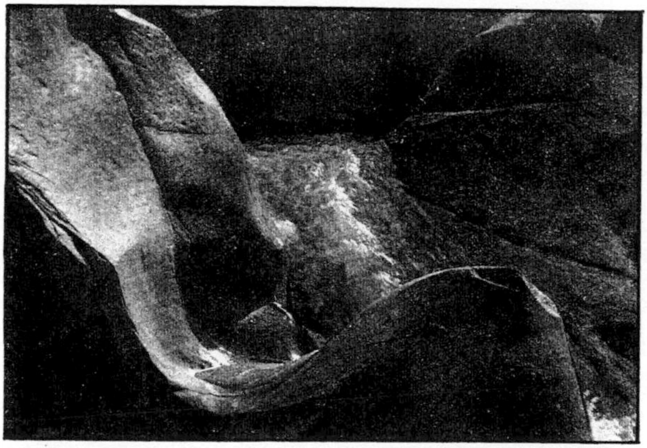

人是很能適應環境的動物，人的體質並不多麼強韌，卻沒有跟隨堅甲利爪的恐龍一類的巨獸而消滅就是明證。

過去的生物學家和社會學家曾因此而得出生物的體質可因環境而變異的結論，英國的社會學家斯賓塞就曾大膽地提出鐵匠兒子的手掌比一般兒童的要大。這就是說人的體質不但可因環境而變異，而且可以把這變異的因子遺傳給下一代。如果這種理論可信，人種倒眞是可以改造的了。楊傳廣的兒子應該比別人更有得世運金牌的希望。

主張這種理論的旁證極多，例如沙漠中的蜥蜴呈黃色，森林中的蜥蜴呈綠色，寒帶人種皮膚白、熱帶人種皮膚黑等等。動物界的保護色是人所共知的一種自然現象，這豈能說與環境無關？理由似乎很是充足。

但是近代生物學的實驗，卻從得不出環境改變體形、體色的例子。有人認爲這種漸變不是生物學家以其有限的生命在實驗室中可以觀察到的。

但也有另一種理論來解釋適應環境的問題，那就是「物種突變」的理論。生物界的突變現象倒是隨時可以觀察到的，兩脚的雞可以突然生下一隻三脚雞來，一頭的羊偶然也會產下一隻雙頭羊來。沙漠中的蜥蜴也許本來不一定是黃色，但千萬隻蜥蜴中偶然出現了幾隻黃色，因爲正與環境同色，受到自然的保護而得以生存繁衍下去，這就是適者生存的眞正原因。

這兩種理論何者爲是？何者非？仍待科學家的進一步研究。

籠裡與籠外

據

說鬥鵪鶉的買來一籠鵪鶉後，聽任其在籠內自相殘殺，到最後所餘的幾隻或一隻便是最強悍的鵪鶉。

人也是動物，如果把人關在籠裡聽任其自相殘殺，到最後所餘的幾個或一個，大概也就是最強悍的人了。

幸而人不會被關在籠裡拿來做這種試驗。但是也有人認爲一次革命，一場戰爭，對人的考驗會有一樣的效果。然而革命或戰爭畢竟不同於一個有形的籠，在革命或戰爭中強悍和勇毅的反倒大多早死，剩下的常是險詐和懦弱的，這就是爲什麼革命和戰爭以後，人類的社會總出現一段隱晦無光時期的原因。

革命與戰爭都是不得已的行爲，至少當事人認爲是不得已的行爲，但是事後檢討，沒有一次革命或戰爭能夠完全達到革命或戰爭意欲達到的目的。所以歷史家和社會學家都同意，革命與戰爭都是人類的一種非理性的行爲，正如人類明知發怒光火解決不了問題仍不能避免發怒光火一樣。

革命與戰爭都會犧牲無數無辜的生命，而首先犧牲的又常常是人群中強悍勇毅的分子。因此每經過一次革命或戰爭，人類的進化就拉後了一段時光，因爲如果當權在位的是那些險詐懦弱的分子，不但治理不好人類的社會，還要把不良的因子遺傳下去。

由此看來，還不如把人像鵪鶉似地關在籠裡，任其自相殘殺，最後所餘的一位，恐怕是比票選還要可靠的勇士！

進化

如果達爾文有理，人眞是從猴子一類的動物進化而來的，那麼今日的猴子再經過數千萬年的進化，不是也可以達到今日人類一般的境地麼？

同理，今日的魚，也可以變成未來的鳥，今日的鳥又何嘗不可以變成未來的獸？

進化既然可以使生物界的各種類別轉類變型，那麼人未來又會轉成一種什麼形態呢？

今日的人已與其他的鳥獸完全不同，人不但脫離了鳥獸的原始狀態和形貌，而且成了其他鳥獸的主宰。所有世間的動植物的命運，似乎都已掌握在人類的手裡。神並未主宰了人，但人卻眞正主宰了其他的萬物。

數千年後，會不會產生另一種進化而來的族類與人來競爭呢？如果人眞是進化而來的，誰又能阻止其他的鳥獸進化的行程？

除了進化以外，有沒有退化呢？其實進化與退化都不過是一種相對的觀念，恰當的詞應該是「變化」或「轉化」，從一種形態和處境變化成另一種形態和處境。在適者生存的原則下，能夠靈活應變的族類留了下來，堅持不變的便不免遭受滅絕的命運。在眾獸中，人變得最快，所以終於脫穎而出。未來如果出現一種更善變的生物，那麼人類恐怕也就不能再獨行其是了！

進化論質疑

按

照達爾文的「進化論」，人本是從低等動物逐漸進化到今日這種面貌。現代的考古人類學家更大膽地假設，人類進化的最後一個階段，也就是說從黑猩猩一般的動物到直立行走的人類，不過四百多萬年。並且認爲目前生存在非洲的兩種黑猩猩 Pan troglodytes 和 Pan paniscus 就是人類的近親。

如果這種假設有幾分眞實性，那麼，四百萬年前，人類的先祖也必定是全身覆蓋了濃密的黑毛、身後拖着一條尾巴的動物。叫人不得不發生疑問的是，四百萬年對一個人來說固然長得不得了，但就進化而言實在不能算久，那一身不止四百萬根的黑毛，每年至少要擺脫一根以上，才能達到今天這種光裸裸的地步。這是可能的嗎？還有那一條尾巴，四百萬年能夠擺脫得了嗎？

如果達爾文的進化論的確道出了人類進化的眞理，那麼在四百萬年以後，如果我們的地球還沒有毀滅的話，今日生存在非洲原始森林裡的黑猩猩，應該也有希望進化成具有智慧的高等動物，建築城郭，組織國家，進而與人類來競爭。今日的魚終要爬上岸來，成爲兩棲動物，而今日的兩棲動物也有望成爲明日的黑猩猩。可能嗎？不可能嗎？誰能回答這樣的問題？

再世爲人

佛家所相信的「轉世」或「再生」雖然並沒有眞實的依據，但現代人處身在社會劇變的時代中，不免就有轉世或再生之感。處身在兩個不同的歷史階段，譬如三十八年前後的中國大陸，不但身分地位大爲轉變，就是價値標準也前後懸殊。遭遇到這種變化的人，怎會不產生再世爲人的感覺。

但最通常可見的「再世爲人」之感卻是進入另一種文化體系之中，譬如到歐美的留學生，在二十四小時之內就會完全墜入另一個截然不同的世界：人種膚色不同、語言不同、歷史背景不同、風俗習慣不同，不是「再世爲人」又是什麼？

結構主義者認爲文化的現象，是脫離眞實世界的一種自成體系的結構。文化中各分子間的相互關係遠大於其與眞實世界之間的關係。這就是爲什麼不同的文化反映出了不同的世界。

來自另一個文化系統的人，如果他眞正進入一個他原來陌生的文化系統，那麼他自然成爲一個新的人，因爲他會因此而具有了另一種價值觀念，另一種意識型態和另一種對世界的看法以及人際關係。如果他仍然擁有原來的一套體系，那麼他便扮演了兩個不同的脚色。他會因此而痛苦，也會因此而高興，全看他適應的能力。

現代的世界不用轉世或再生，就給與人這種再世爲人的機會，說起來應是件好事，但很多人卻因此得到痛苦的經驗。轉世與再生是否是一件好事，那也得看各人的修爲了。

性別

世界上多有無性生殖的生物，像水蝨、書蠹、中美洲的某些魚類和蜥蜴等，都可以不惜雄性而直接由母系生殖，然後母女世代相傳。然而比較高級的生物（以人的立場而言）則無不由雌雄兩性交配而生產。據生物學家的解釋，世界上如沒有病菌這等生物，兩性的生物絕無法與單性生物競爭，因爲兩性的交配既麻煩又危險，兩性生殖要比單性生殖費時費事得多。但只因世間有所謂病菌這種生物，使單性所生殖的與祖先一模一樣，完全相同的後代無能抵抗曾使其祖先致病的病菌。兩性生殖則可以產生完全不同的後代，祖先抵抗不了的疾病，子孫就可能抵抗得了，因此新生代就具有更強韌的生命力。

人是雙性生殖的動物，所以世間沒有兩個完全相同的人。今日的人類與數萬年前的原始人類相較，無論是外形還是內在，都已經改變了樣子。這樣的改變還要永遠繼續下去。在長遠的時間之流裡，我們稱之謂「進化」。人類如沒有性別的差異，不獨不能生存於世，壓根兒也沒有進化可言了。

所以且不可輕視人類的性器官，人類不但依靠性器來傳宗接代，而且要依靠兩性進化成更強韌、更高級的生物。

器官的部位

人類的生殖器官生長在兩股之間那隱祕所在，實在是一件很不幸的事。因爲太接近，或者竟而與排洩器官合而爲一，不免時時沾染了穢物，使人類不能不引以爲羞恥。

如果人類還像豬狗一樣，四足着地，口鼻時常接觸地面，便不致以排洩的穢物爲汚，自然對生殖器官也不會有羞恥之心。不幸人類早已直立而行，口鼻也早已失去了在地面覓食時的嗅覺，又嘗慣了空氣中的淸新，自是不能再忍受排洩物的氣味，連帶使生殖器官也受了連累，就不能不以之爲羞了。

如果生殖器官生在人類的臉部，譬如說鼻子的地位，那就非常理想。試想植物的生殖器不都堂皇地展現出來？不但表現了美麗的顏色，而且散發着沁人的香氣。

生長在臉部的生殖器官，便不再具有任何以之爲羞的理由，可以像花朵一樣散溢着應有的色與香。那時候對生殖器官的展覽與觀賞，不但不再是一種偷偷摸摸引以爲恥的色情行爲，而且可以作爲一種高尚的藝術。不同色澤和香氣的生殖器官可以代表每個人不同的性向，就像不同的植物開出不同的花朵一般。

生殖器官跟排洩器官如此接近，甚至合而爲一，眞是人類的大不幸。

意志生殖

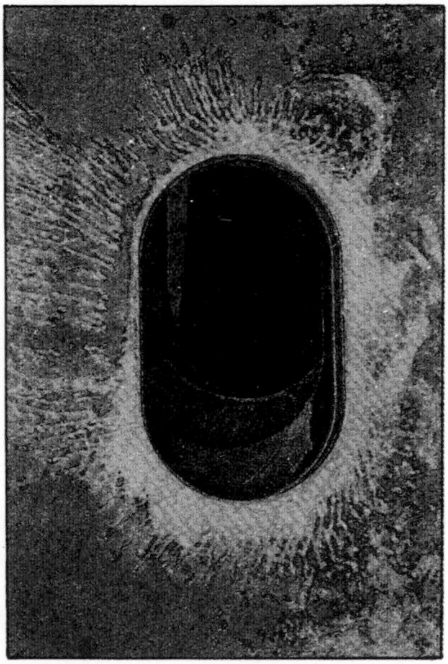

如果人可以用意志生殖該有多好！相愛的雙方，只要一方把意志輸入給對方，就可以結合了兩個人的意志產生出一個新生的意志出來。

意志生殖可以使雙方平等，不分男女，每一方都可以輸出意志，也可接受意志，完全按照雙方的意願自由安排。

意志生殖，也可以避免母體懷孕的辛苦，只須把對方的意志存儲在腦子裡，經過了一個相當時間的孕育，然後從口部把新意志吐出來，便是一個意志血肉並存的新生嬰兒了。他的意志秉承了父母雙方的意志，把人類的文化傳遞下去。

意志生殖也可以避免人口的膨脹，可以按照合理的計劃決定輸出輸入的數目。

意志生殖既然是雙方都可爲父、爲母，那麼雙方的結合便該相當自由。在一方孕育意志的時候，另一方應該盡到保護和支援的責任。新意志降生後，應由雙方共同負責教養，直到這個新意志長大成人，父母雙方可以自由解體，不必要再營共同的生活。

意志生殖，現在說來至爲玄妙，但猴子既然擺脫了尾巴變成人形，誰又敢說人類不會進化到意志生殖的一天呢！

無意識的汪洋

天地從混沌中化生出具體的形象，是一種巨大的反抗與掙扎。人從自然中形成文化，也是種巨大的反抗與掙扎。個人從群體中求現一己的面目，焉又不是種巨大的反抗與掙扎呢？

天地雖已具有了具體的形象，但仍與混沌爲一體；文化雖脫出了自然，但仍與自然爲一體；個人不管具有多麼殊異的面相，也仍與群體爲一體。

個人的根基在群體中，群體文化的根基在自然中，自然的天地萬物均在混沌中。混沌是最原始、最根本的母體。

如果用現代心理學的名詞來說，混沌就是「無意識」的汪洋大海。近代的哲學家、社會人類學家、心理學家、心理分析學家、語言學家，其最終的目的都在嘗試接觸、瞭解這一個本然混沌的「無意識」，但是看來終究是徒勞的。因爲人的智力的根本就在「無意識」，任何人類的智力活動都在「無意識」的統馭容涵之內，以有限追無限，殆矣！

但是近代的科學，也大大擴展了我們的無意識領域，至少使我們領略到「無意識」的廣大與深厚，鼓起了我們另一次宗教般的熱情，嘗試觸接這一個萬生之源。我們的自然科學家從外緣追索，我們的人文科學家從內緣追索，竟使今日人生的目的完全傾注在從意識歸趨向無意識的復元，使個人與群體，文化與自然，天地與混沌再重新綰合起來。

附錄

以有限追無限
——評馬森《在樹林裡放風箏》

廖玉蕙

筆記式的、隨想式的小品文，往往被視為茶餘酒後聊供解悶的「閒書」，即使作者本身也常抱持消閒遣日、無關著述的態度來從事。但是，實際上，這類的文字因為記敘隨意、毫無拘束，常常最能表現出作者的性情，也最容易從不經意處或小問題上看出作者的學問與見識。因此，儘管一般人不一定重視它，自魏晉以降，這類的小品文卻一直在中國文學史上佔有一席之地。

近年來，由於生活的緊張忙碌，長篇累牘的論述或小說已逐漸難得讀者的青睞，於是，前述殘叢小語的隨筆遂又繼晚明小品之後再創高潮。數年前，王鼎鈞「開放的人生」等三書在銷路上異軍突起，其後，作者不輟，隱地的《心的掙扎》、蔣勳的《萍水相逢》、林清玄的《孔雀的幼年時代》，都有不錯的風評。而近年來，在文壇上捭闔縱橫的馬森，繼一連串論述、戲劇、長、短篇小說的專著之後，也乘勝追擊般地出版了《在樹林裡放風箏》的哲理小品集。

顧名思義，這本書所欲表達的，正是在樹林裡放風箏的矛盾。它跳脫了王鼎鈞式致用的行為哲學而直指宇宙的本體。一方面對生命提出種種質疑，如對生命列車的茫然、時間的迷惑、進化論的懷疑……等；一方面又積極樂觀地肯定生命的意義，鼓勵人們從一粒米中品嚐出甜蜜的滋味，設法把苦海改造成為樂園，意興風發地踏上生命的旅程。

馬森是個有心人。在這樣一個喪亂相尋、一切信念幾乎瀕臨破產的年代裡，適時地為人們提供如此溫暖的精神糧食，的確是一件很讓人安慰的事。

誠如作者在後記裡所說，這是一本沒有特定訴求對象的書，不過，也正因為如此，它具有更廣大的包容力，各種不同的人都能從書中得到不同層次的體認。雖然沒有美麗的藻繪來妝點門面，卻自有以簡馭繁的簡淨之美，值得再三咀嚼。

書分七輯。分別討論「生命」、「自我」、「自由」、「愛」、「人際關係」、「時與空」、「自然」七個子題。光看題目，便知汪洋恣肆，作者顯然已不止於寄情蟲魚而已，而隱隱然有究天人之際的意圖。然而，這些形而上的哲理，不管那一項，原都是沒有答案的艱深學問。掩卷沉思之餘，雖有所獲，卻難免要仰天長歎「以有限追無限，殆矣！」

——原載於一九八七年二月《聯合文學》第二十八期

編註：此書原以《在樹林裡放風箏》之名於一九八六年九月由爾雅出版社出版。

馬森著作目錄

一、學術論著及一般評論

《莊子書錄》，台北：台灣師範大學國文研究所集刊，第二期，一九五八年。
《世說新語研究》，台北：台灣師範大學國文研究所，一九五九年。
《馬森戲劇論集》，台北：爾雅出版社，一九八五年九月。
《文化・社會・生活》，台北：圓神出版社，一九八六年一月。
《東西看》，台北：圓神出版社，一九八六年九月。
《電影・中國・夢》，台北：時報出版公司，一九八七年六月。
《中國民主政制的前途》，台北：圓神出版社，一九八八年七月。
馬森、邱燮友等著《國學常識》，台北：東大圖書公司，一九八九年九月。
《繭式文化與文化突破》，台北：聯經出版社，一九九〇年一月。
《當代戲劇》，台北：時報文化出版社，一九九一年四月。

《中國現代戲劇的兩度西潮》，台南：文化生活新知出版社，一九九一年七月。
《東方戲劇・西方戲劇》（《馬森戲劇論集》增訂版），台南：文化生活新知出版社，一九九二年九月。
《西潮下的中國現代戲劇》（《中國現代戲劇的兩度西潮》修訂版），台北：書林出版公司，一九九四年十月。
馬森、邱燮友、皮述民、楊昌年等著《二十世紀中國新文學史》，板橋：駱駝出版社，一九九七年八月。
《燦爛的星空——現當代小說的主潮》，台北：聯合文學出版社，一九九七年十一月。
《戲劇——造夢的藝術》，台北：麥田出版社，二〇〇〇年十一月。
《文學的魅惑》，台北：麥田出版社，二〇〇二年四月。
《台灣戲劇——從現代到後現代》，台北：佛光人文社會學院，二〇〇二年六月。
《中國現代戲劇的兩度西潮》再修訂版，台北：聯合文學出版社，二〇〇六年十二月。
〈台灣實驗戲劇〉，收在張仲年主編《中國實驗戲劇》，上海：上海人民出版社，二〇〇九年一月，頁一九二—二三五。
《台灣戲劇——從現代到後現代》（增訂版），台北：秀威資訊科技，二〇一〇年十二月。
《戲劇——造夢的藝術》（增訂版），台北：秀威資訊科技，二〇一〇年十二月。

《文學的魅惑》（增訂版），台北：秀威資訊科技，二〇一〇年十二月。
《文學筆記》，台北：秀威資訊科技，二〇一〇年十二月。

二、小說創作

馬森、李歐梵《康橋踏尋徐志摩的蹤徑》，台北：環宇出版社，一九七〇年。
《法國社會素描》，香港：大學生活社，一九七二年十月。
《生活在瓶中》（加收部分《法國社會素描》），台北：四季出版社，一九七八年四月。
《孤絕》，台北：聯經出版社，一九七九年九月，一九八六年五月第四版改新版。
《夜遊》，台北：爾雅出版社，一九八四年一月。
《北京的故事》，台北：時報出版公司，一九八四年五月，一九八六年七月第三版改新版。
《海鷗》，台北：爾雅出版社，一九八四年五月。
《生活在瓶中》，台北：爾雅出版社，一九八四年十一月。
《巴黎的故事》（《法國社會素描》新版），台北：爾雅出版社，一九八七年十月。
《孤絕》（加收《生活在瓶中》），北京：人民文學，一九九二年二月。
《巴黎的故事》，台南：文化生活新知出版社，一九九二年二月。
《夜遊》，台南：文化生活新知出版社，一九九二年九月。

《M的旅程》，台北：時報出版公司，一九九四年三月（紅小說二六）。
《北京的故事》，台北：時報出版公司，一九九四年四月（新版、紅小說二七）。
《孤絕》，台北：麥田出版社，二〇〇〇年八月。
《夜遊》，台北：九歌出版社，二〇〇〇年十二月。
《夜遊》（典藏版）台北：九歌出版社，二〇〇四年七月十日。
《巴黎的故事》，台北：印刻出版社，二〇〇六年四月。
《生活在瓶中》，台北：印刻出版社，二〇〇六年四月。
《府城的故事》，台北：印刻出版社，二〇〇八年五月。
《孤絕》（最新增訂本），台北：秀威資訊科技，二〇一〇年十二月。
《夜遊》（最新增訂本），台北：秀威資訊科技，二〇一〇年十二月。

三、劇本創作

《西冷橋》（電影劇本），寫於一九五七年，未拍製。
《飛去的蝴蝶》（獨幕劇），寫於一九五八年，未發表。
《父親》（三幕），寫於一九五九年，未發表。
《人生的禮物》（電影劇本），寫於一九六二年，一九六三年於巴黎拍製。

《蒼蠅與蚊子》（獨幕劇），寫於一九六七年，發表於一九六八年冬《歐洲雜誌》第九期。

《一碗涼粥》（獨幕劇），寫於一九六七年，發表於一九七七年七月《現代文學》復刊第一期。

《獅子》（獨幕劇），寫於一九六八年，發表於一九六九年十二月五日《大眾日報》「戲劇專刊」。

《弱者》（一幕二場劇），寫於一九六八年，發表於一九七〇年一月七日《大眾日報》「戲劇專刊」。

《蛙戲》（獨幕劇），寫於一九六九年，發表於一九七〇年二月十四日《大眾日報》「戲劇專刊」。

《野鵓鴿》（獨幕劇），寫於一九七〇年，發表於一九七〇年三月四日《大眾日報》「戲劇專刊」。

《朝聖者》（獨幕劇），寫於一九七〇年，發表於一九七〇年四月八日《大眾日報》「戲劇專刊」。

《在大蟒的肚裡》（獨幕劇），寫於一九七二年，發表於一九七六年十二月三—四日《中國時報》「人間副刊」，並收在王友輝、郭強生主編《戲劇讀本》，台北：二魚文化，頁三六六—三七九。

《花與劍》（二場劇），寫於一九七六年，未發表，收入一九七八年《馬森獨幕劇集》；並選入一九八九《中華現代文學大系》（戲劇卷壹），台北：九歌出版社，頁一〇七—一三五；一九九三年十一月北京《新劇本》第六期（總第六十期）「93中國小劇場戲劇展暨國際研討會作品專號」轉載，頁十九—廿六；一九九七年英譯本收入*Contemporary Chinese Drama*, translated by Prof. David Pollard, Hong Kong, Oxford university Press, pp. 253-374。

《馬森獨幕劇集》，台北：聯經出版社，一九七八年二月（收進《一碗涼粥》、《獅子》、《蒼蠅與蚊子》、《弱者》、《蛙戲》、《野鵓鴿》、《朝聖者》、《在大蟒的肚裡》、《花與劍》等九劇）。

《腳色》（獨幕劇），寫於一九八〇年，發表於一九八〇年十一月《幼獅文藝》三二三期「戲劇專號」。

《進城》（獨幕劇），寫於一九八二年，發表於一九八二年七月廿二日《聯合報》副刊。

《腳色》，台北：聯經出版社，一九八七年十月（《馬森獨幕劇集》增補版，增收進《腳色》、《進城》，共十一劇）。

《腳色——馬森獨幕劇集》，台北：書林出版社，一九九六年三月。

《美麗華酒女救風塵》（十二場歌劇），寫於一九九〇年，發表於一九九〇年十月《聯合文學》七二期，游昌發譜曲。

《我們都是金光黨》（十場劇），寫於一九九五年，發表於一九九六年六月《聯合文學》一四〇期。

《我們都是金光黨／美麗華酒女救風塵》，台北：書林出版社，一九九七年五月。

《陽台》（二場劇），寫於二〇〇一年，發表於二〇〇一年六月《中外文學》三十卷第一期。

《窗外風景》（四圖景），寫於二〇〇一年五月，發表於二〇〇一年七月《聯合文學》二〇一期。

《蛙戲》（十場歌舞劇），寫於二〇〇二年初，台南人劇團於二〇〇二年五月及七月在台南市、台南縣和高雄市演出六場，尚未出書。

《雞腳與鴨掌》（一齣與政治無關的政治喜劇），寫於二〇〇七年末，二〇〇九年三月發表於《印刻文學生活誌》。

《馬森戲劇精選集》（收入《窗外風景》、《陽台》、《我們都是金光黨》、《雞腳與鴨掌》、歌舞劇版《蛙戲》、話劇版《蛙戲》及徐錦成〈馬森近期戲劇〉、陳美美〈馬森「腳色理論」析論〉兩文），台北：新地文學出版社，二〇一〇年三月。

四、散文創作

《在樹林裏放風箏》，台北：爾雅出版社，一九八六年九月。
《墨西哥憶往》，台北：圓神出版社，一九八七年八月。
《墨西哥憶往》，香港：盲人協會，一九八八年（盲人點字書及錄音帶）。
《大陸啊！我的困惑》，台北：聯經出版社，一九八八年七月。
《愛的學習》，台南：文化生活新知出版社，一九九一年三月（《在樹林裏放風箏》新版）。
《馬森作品選集》，台南：台南市立文化中心，一九九五年四月。
《追尋時光的根》，台北：九歌出版社，一九九九年五月。
《東亞的泥土與歐洲的天空》，台北：聯合文學出版社，二〇〇六年九月。
《維城四紀》，台北：聯合文學出版社，二〇〇七年三月。
《旅者的心情》，上海：上海人民出版社，二〇〇九年一月。

五、翻譯作品

馬森、熊好蘭合譯《當代最佳英文小說》導讀一（用筆名飛揚），台南：文化生活新知出版社，一九九一年七月。

馬森、熊好蘭合譯《當代最佳英文小說》導讀二（用筆名飛揚），台南：文化生活新知出版社，一九九一年十月。

《小王子》（原著：法國・聖德士修百里，譯者用筆名飛揚），台南：文化生活新知出版社，一九九一年十二月。

《小王子》，台北：聯合文學，二〇〇〇年十一月。

六、編選作品

《七十三年短篇小說選》，台北：爾雅出版社，一九八五年四月。

《樹與女——當代世界短篇小說選（第三集）》，台北：爾雅出版社，一九八八年十一月。

馬森、趙毅衡合編《潮來的時候——台灣及海外作家新潮小說選》，台南：文化生活新知出版社，一九九二年九月。

馬森、趙毅衡合編《弄潮兒——中國大陸作家新潮小說選》，台南：文化生活新知出版社，一九九二年九月。

馬森主編，「現當代名家作品精選」系列（包括胡適、魯迅、郁達夫、周作人、茅盾、丁西林、沈從文、徐志摩、丁玲、老舍、林海音、朱西甯、陳若曦、洛夫等的選集），台北：駱駝出版社，一九九八年六月。

馬森主編《中華現代文學大系一九八九—二〇〇三・小說卷》，台北：九歌出版社，二〇〇三年十月。

七、外文著作

1963 *L'Industrie cinémathographique chinoise après la sconde guèrre mondiale*（論文）, Institut des Hautes Études Cinémathographiques, Paris.

1965 "Évolution des caractères chinois" , *Sang Neuf*（Les Cahiers de l'École Alsacienne, Paris）, No.11,pp.21-24.

1968 "Lu Xun, iniciador de la literatura china moderna" ,*Estudio Orientales*, El Colegio de Mexico, Vol.III,No.3,pp.255-274.

1970 "Mao Tse-tung y la literatura:teoria y practica" , *Estudios Orientales*, Vol.V,No.1,pp.20-37.

1971 "La literatura china moderna y la revolucion" , *Revista de Universitad de Mexico*, Vol. XXVI, No.1, pp.15-24.

"Problems in Teaching Chinese at El Colegio de Mexico" , *Journal of the Chinese Language Teachers Association in North America*, Vol.VI, No.1, pp.23-29.

La casa de los Liu y otros cuentos（老舍短篇小說西譯選編）, El Colegio de

Mexico, Mexico, 125p.

1977 *The Rural People's Commune 1958-65: A Model of Social and Economic Development* (Dissertation of Ph.D. of Philosophy at University of British Columbia, Canada).

1979 "Water Conservancy of the Gufengtai People's Commune in Shandong" (25-28 May , The Annual Conference of Association for Asian Studies).

1981 "Kuo-ch'ing Tu: *Li Ho* (Twayne's World Series), Boston, Twayne Publishers, 1979" , *Bulletin of SOAS*, University of London, Vol. XLIV, Part 3, pp.617-618.

"*The Drowning of an Old Cat and Other Stories*, by Hwang Chun-ming (translated by Howard Goldblartt), Bloomington, Indiana University Press,1980", *The China Quarterly*, 88, Dec., pp.707-08.

1982 "Jeanette L. Faurot (ed.): *Chinese fiction from Taiwan: Critical Perspectives*, Bloomington: Indiana University Press, 1980", *Bulletin of the SOAS*, Unversity of London, Vol. XLV, Part 2, pp.383-384.

"Martine Vellette-Hémery: *Yuan Hongdao (1568-1610): théorie et pratique littéraires*, Paris, Collège de France, Institut des Hautes Études Chinoises, 1982", *Bulletin of the SOAS*, Unversity of London, Vol. XLV, Part 2, p.385.

1983 "Nancy Ing (ed.): *Winter Plum: Contemporary Chinese Fiction*, Taipei, Chinese Nationals Center,1982", *The China Quarterly*, pp.584-585.

1986 "Contemporary Chinese Literature: An Anthology of Post-Mao Fiction and Poetry, edited with an Introduction by Michael S. Duke for the Bulletin of Concerned Asian Scholars, New York and London, M. E. Sharpe Inc., 1985", *The China Quarterly*, pp.51-53.

1987 "L'Ane du père Wang" , *Aujourd'hui la Chine*, No.44, pp.54-56.

1988 "Duanmu Hongliang: *The Sea of Earth*, Shanghai, Shenghuo shudian, 1938", *A Selective Guide to Chinese Literature 1900-1949*, Vol.1 The Novel, edited by Milena Dolezelova-Velingerova, E. J. Brill, Leiden. New York, KØbenhavn Köln, pp.73-74.

"Li Jieren: *Ripples on Dead Water*, Shanghai, Zhong hua shuju, 1936", *A Selective Guide to Chinese Literature 1900-1949*, Vol.1, The Novel, edited by Milena Dolezelova-Velingerova, E. J. Brill, Leiden. New York, KØbenhavn Köln, pp.116-118.

"Li Jieren: *The Great Wave*, Shanghai, Zhong hua shuju, 1937", *A Selective Guide to Chinese Literature 1900-1949*, Vol.1, The Novel, edited by Milena Dolezelova-Velingerova, E. J. Brill, Leiden. New York, KØbenhavn Köln, pp.118-121.

"Li Jieren: *The Good Family*, Shanghai, Zhonghua shuju, 1947", *A Selective Guide to

Chinese Literature 1900-1949, Vol.2, The Short Story, edited by Zbigniew Slupski, E. J. Brill, Leiden. New York, KØbenhavn Köln, pp.99-101.

"Shi Tuo: *Sketches Gathered at My Native Place*, Shanghai, Wenhua shenghuo chu banshee, 1937", *A Selective Guide to Chinese Literature 1900-1949*, Vol.2, The Short Story, edited by Zbigniew Slupski, E. J. Brill, Leiden. New York, KØbenhavn Köln, pp.178-181.

"Wang Luyan: *Selected Works by Wang Luyan*, Shanghai, Wanxiang shuwu, 1936", *A Selective Guide to Chinese Literature 1900-1949*, Vol.2, The Short Story, edited by Zbigniew Slupski, E. J. Brill, Leiden. New York, KØbenhavn Köln, pp.190-192.

1989 "Father Wang's Donkey"（translated by Michael Bullock）, *PRISM International*, Canada, Vol.27, No.2, pp.8-12.

"The Theatre of the Absurd in Mainland China: Gao Xingjian's *The Bus Stop*", *Issues & Studies*, National Chengchi University, Vol.25, No.8, pp.138-148.

1990 "The Celestial Fish"（translated by Michael Bullock）, *PRISM International*, Canada, January 1990, Vol.28, No.2, pp.34-38.

"The Anguish of a Red Rose"（translated by Michael Bullock）, *MATRIX*（Toronto,

Canada）, Fall 1990, No.32, pp.44-48.

"Cao Yu: *Metamorphosis*, Chongqing, Wenhua shenghuo chubanshe, 1941", *A Selective Guide to Chinese Literature 1900-1949*, Vol.4, The Drama, edited by Bernd Eberstein, E. J. Brill, Leiden. New York, KØbenhavn Köln, pp.63-65.

"Lao She and Song Zhidi: *The Nation Above All*, Shanghai Xinfeng chubanshe, 1945", *A Selective Guide to Chinese Literature 1900-1949*, Vol.4, The Drama, edited by Bernd Eberstein, E. J. Brill, Leiden. New York, KØbenhavn Köln, pp.164-167.

"Yuan Jun: *The Model Teacher for Ten Thousand Generations*, Shanghai, Wenhua shenghuo chubanshe, 1945", *A Selective Guide to Chinese Literature 1900-1949*, Vol.4, The Drama, edited by Bernd Eberstein, E. J. Brill, Leiden. New York, KØbenhavn Köln, pp.323-326.

1991 "The Theatre of the Absurd in Mainland China: Kao Hsing-chien's *The Bus Stop*" in Bih-jaw Lin（ed.）, *Post-Mao Sociopolitical Changes in Mainland China: The Literary Perspective*, Institute of International Relations, National Chengchi University, Taipei, pp.139-148.

"Thought on the Current Literary Scene", *Rendition*（A Chinese-English Translation

Magazine），Nos.35 & 36, Spring & Autumn 1991, pp.290-293.

1997 *Flower and Sword* (Play translated by David E. Pollard) in Martha P.Y. Cheung & C.C. Lai (ed.), *Contemporary Chinese Drama*, Hong Kong, Oxford University Press, pp.353-374.

2001 "The Theatre of the Absurd in China: Gao Xingjian's *Bus-Stop*" in Kwok-kan Tam (ed.), *Soul of Chaos: Critical Perspectives on Gao Xingjian*, Hong Kong, The Chinese University Press, pp.77-88.

2006 二月，《中國現代演劇》（《中國現代戲劇的兩度西潮》韓文版，姜啟哲譯），首爾。

八、有關馬森著作（單篇論文不列）

龔鵬程主編：《閱讀馬森——馬森作品學術研討會論文集》，台北：聯合文學，二〇〇三年十月。

石光生著：《馬森》（資深戲劇家叢書），台北：行政院文化建設委員會，二〇〇四年十二月。

語言文學類　PG0527

漫步星雲間

作　　者 / 馬　森
主　　編 / 楊宗翰
責任編輯 / 孫偉迪
圖文排版 / 蔡瑋中
封面設計 / 王嵩賀

發 行 人 / 宋政坤
法律顧問 / 毛國樑　律師
出版發行 / 秀威資訊科技股份有限公司
114台北市內湖區瑞光路76巷65號1樓
電話：+886-2-2796-3638　傳真：+886-2-2796-1377
http://www.showwe.com.tw
劃撥帳號 / 19563868　戶名：秀威資訊科技股份有限公司
讀者服務信箱：service@showwe.com.tw
展售門市 / 國家書店（松江門市）
104台北市中山區松江路209號1樓
電話：+886-2-2518-0207　傳真：+886-2-2518-0778
網路訂購 / 秀威網路書店：http://www.bodbooks.com.tw
國家網路書店：http://www.govbooks.com.tw

2011年4月BOD一版
定價：320元

國家圖書館出版品預行編目

漫步星雲間 / 馬森著. -- 一版. -- 臺北市 : 秀威資訊科
技, 2011. 04
面； 公分. --（語言文學類 ; PG0527）
BOD版
ISBN 978-986-221-521-0（平裝）

855 100002942

讀者回函卡

感謝您購買本書，為提升服務品質，請填妥以下資料，將讀者回函卡直接寄回或傳真本公司，收到您的寶貴意見後，我們會收藏記錄及檢討，謝謝！

如您需要了解本公司最新出版書目、購書優惠或企劃活動，歡迎您上網查詢或下載相關資料：http:// www.showwe.com.tw

您購買的書名：________________________

出生日期：________年________月________日

學歷：□高中（含）以下　□大專　□研究所（含）以上

職業：□製造業　□金融業　□資訊業　□軍警　□傳播業　□自由業

□服務業　□公務員　□教職　□學生　□家管　□其它______

購書地點：□網路書店　□實體書店　□書展　□郵購　□贈閱　□其他

您從何得知本書的消息？

□網路書店　□實體書店　□網路搜尋　□電子報　□書訊　□雜誌

□傳播媒體　□親友推薦　□網站推薦　□部落格　□其他________

您對本書的評價：（請填代號　1.非常滿意　2.滿意　3.尚可　4.再改進）

封面設計____　版面編排____　內容____　文／譯筆____　價格____

讀完書後您覺得：

□很有收穫　□有收穫　□收穫不多　□沒收穫

對我們的建議：________________________

____

____

____

請貼
郵票

11466
台北市內湖區瑞光路 76 巷 65 號 1 樓
秀威資訊科技股份有限公司 收
BOD 數位出版事業部

（請沿線對折寄回，謝謝！）

姓　　名：＿＿＿＿＿＿＿＿　年齡：＿＿＿＿　性別：□女　□男

郵遞區號：□□□□□

地　　址：＿＿＿＿＿＿＿＿＿＿＿＿＿＿＿＿

聯絡電話：(日)＿＿＿＿＿＿＿＿　(夜)＿＿＿＿＿＿＿＿

E-mail：＿＿＿＿＿＿＿＿＿＿＿＿＿＿＿＿